희
한
한

위
로

희한한 위로

강세형 지음

수오서재

차 례

007   prologue   **희한한 위로**

012   **당신 잘못이, 아니에요**

020   **나도 그래, 그래도 너는…**

030   **닌자는, 닌자니까**

042   **떡볶이**

048   **타나카군은 항상 나른해**

059   ———   **스페셜리스트**

064   **생존 본능**

077   **도와달라는 말을 왜 안 해요?**

092   **외톨이들의 특징**

098   **나는 참 게으르고, 참 부지런하다**

110   **새치와 동안**

122   ———   **밥통**

126 닥터 하우스의 소거법

138 코로나와 천혜향

150 생각이 너무 많아 미안합니다만…

162 새로운 추억이 있습니다

169 우리는 불쌍하지 않아요

181 ——— 여기는 그곳이 아니다

190 최소한 나도 양심은 있으니까

201 10만 개의 구름방울

207 이제 곧 여름

215 다섯 번째 집

희한한

위로

"다, 잘될 거야."

이 말에 나는, 진심으로 위로받아본 적이 있을까?

문득 그런 생각이 들었다. 나는 그 말에 한 번도 안도해본
적이 없는 것 같다는 생각. 도리어 조금 상처가 됐던 적은 있
었다. '지금 내 말 다 들었어? 대충 듣고 아무렇게나 말하고

있는 거 아니지?' 그 말이 너무 공허하게 들려서 어쩐지 좀 억울했달까. '내가 그동안 너의 얘기를 얼마나 성심성의껏 들어줬는데, 너는 어쩌면 그렇게 쉽게 다. 잘. 될. 거. 야. 한마디로 퉁칠 수 있는 거니?'

어쩌면 내가 삐뚤어진 걸 수도 있고, 지나치게 세상에 찌든 걸지도 모른다. 하지만 나이를 먹을수록, 삶을 겪어갈수록, 그런 생각이 들었다. '다 잘될 거야.' 그 말만으론 아무것도 해결되지 않는다는 생각. 그래서 나 또한 그 말을, 쉬이 입에 담기 힘들었다. 어쩌면 그런 나로 인해 누군가는 또 상처받았을지 모르지만, '너무 걱정하지 마, 다 잘될 거야.' 힘들어하는 친구에게 그런 말을 한다고 해서, 그의 걱정이 마법처럼 갑자기 사라질 리 없다는 생각에 쉬이 입을 뗄 수가 없었다. '나는 너를 위로했어, 그러니까 나는 좋은 친구야.' 도리어 그 말은 나를 위안하고 합리화하는 것처럼 느껴지기도 했으니까.

그러니 글을 쓸 때도, 나는 그렇게 해맑고 건강한 말들만 늘어놓는 건 어쩐지 낯이 간지러웠다. 라디오 작가 시절, 라디오라는 매체가 불특정 다수를 향한 글인 만큼 내가 할 수 있는 가장 긍정적인 원고를 쓴다고 썼는데도, 무턱대고 '다 잘될 거야'라고 하는 건 힘들었다. 그래서 라디오 시절의 원고들을 묶어서 발표했던 나의 첫 책《나는 아직, 어른이 되려면 멀었다》를 읽고 위로받았다는 사람들의 이야기가 신기했다. 오히려 힘든 얘기, 아픈 얘기가 더 많으면 많았지, 그 어디에도 '다 잘될 겁니다'라는 말은 등장하지 않는데도 사람들이 그 책에서 위로를 받는다는 것이 신기했다. 두 번째 책도 마찬가지였다. '작가 코스프레'라는 소제목의 글이 있을 정도로, 그 책에서 나는 글 쓰는 삶이 내게는 참 힘들다는 얘기를 잔뜩 늘어놓았는데도, 많은 작가 지망생들에게서 메시지를 받았다. 심지어 그 책을 읽고 오랫동안 잊고 있었던 작가의 꿈을 다시 키우게 됐다는 독자도, 실제로 책을 내고 '진짜 작가'가 됐다며 자신의 책을 보내준 독자도 있었다. 나의 의도는, 위로도 격려도 아니었는데 말이다.

그런데 생각해보면, 나 또한 참 희한하고 엉뚱한 곳에서 위로받곤 했던 것 같다. 너무도 따뜻하고 자상한 미소와 함께 "다 잘될 거야"라고 말해주는 사람 앞에선 배배 꼬인 심보를 보이다가도, "어떻게든 되겠지!" 농담처럼 툭 내뱉어진 친구의 말에서 오히려 위로받았다. 잘 알지도 못하는 사람의 무심한 작은 배려 하나에 눈물이 핑 돌 때도 있었고, 그냥 아무 생각 없이 웃기나 하고 싶어서 틀어놓은 코미디 영화가 뜬금없이 날 감동시키기도 했다.

어쩌면 위로는,
정말 그런 걸지도 모르겠다.

작정하고 내뱉어진 의도된 말에서보다는,
엉뚱하고 희한한 곳에서 찾아오는 것.

그래서 나는 가끔 내가 위로를 '발견'하는 건 아닐까, 라는 생각도 든다. 그 순간 그 위로가 너무 필요해서, 그래야 다시 살아갈 힘을 얻을 수 있을 것 같아서. 그런데 또 타고난 기질은 의심이 많고 삐뚤어져서, '다 잘될 거야'처럼 너무 쉬운 발견에는 흥미를 못 느낀 채 엉뚱한 곳을 두리번두리번.

어쩌면 이 책은, 그렇게 내가 두리번거리다 발견한 희한한 위로들에 대한 모음집 같은 걸지도 모르겠다. 물론 당신을 위로하겠다고 쓴 글은 아니다. 위로라는 건 애당초 작정하고 덤빈다고 되는 것도 아니고, 이건 어차피 나를 위한 위로일 뿐이니까. 그저, 이렇게 발견한 나의 위로들이, 당신의 위로를 '발견'하는 데도 조금이나마 도움이 됐으면 좋겠다.

당신 잘못이,
아니에요

"세형 씨 몸 안에, 그 인자가 있어요."

의사로부터 이 말을 들었을 때, 희한하게 나는 안심이 됐다. 나도 모르게 조금 미소 지었던 것 같기도 하다. 진심으로 위로받은 기분이 들었달까. 누군가 나를 따뜻하게 안아준 듯, 무척이나 오랜만에 마음의 온도가 조금 올라간 기분마저 들었다. 그 말은 나에게, 이렇게 말해주는 것 같았기 때문이었다.

'너의 잘못이 아니야.'

아이러니하게도 의사의 그 말은, 내가 희귀병 유전인자를 가진 '환자'라는 뜻이었는데도 말이다.

어려서부터도 건강하고 씩씩한 아이는 아니었다. 하지만 그저 남들보다 조금 작고 자주 앓는, 타고난 체력이 미달인, 면역력이 조금 떨어지는 아이라고만 생각했다. 그래서 늘 미안한 마음도 있었다. 철마다 감기에, 알레르기 비염에, 장염에, 심지어 1년에 한두 번은 이유를 알 수 없는 고열로 응급실까지. 아프다는 건 꽤나 번잡하고 귀찮은 일인데, 그때마다 나를 병원에 데려가야 했을 부모님과 가족들에 대한 미안함. 10분이면 걸어갈 거리를, 약하고 느린 나와 함께 20분에 걸쳐 천천히 걸어주는 친구에게 미안했다. 원래 느리기도 하지만 입이 자주 헐어서 매운 음식을 잘 못 먹는 나와 함께 덜 매운 음식으로 식사를 해주는, 본인의 식사가 끝나고도 내가 다 먹기를 기다려주는 동행들에게도 미안했다. 이십 대 초반, 라디오 일을 처음 시작했을 때 회의 중에 코를 훌쩍거리는 나에게 어떤 피디가 이런 말을 한 적이 있다. "아우, 젊은 사람이 왜 이렇게 자주 아파?" 그날 나는 회의도 다 했고, 내 분량의 원고도 다 썼고, 방송도 무탈하게 마치고 뒷정리까지 다 한 다음 퇴근했지만, (그리고 병원에 갔지만,) 그래도 마음속엔 묘한 죄책감이 일었다.

아파서, 미안해요.

그래도 이십 대 후반, 삼십 대 초반까지는 남들보다 그저 조금 약한 정도였기에 일상생활에 대단히 큰 불편함이 있었던 건 아니었다. 그저 조금 번잡하고 귀찮고 미안한 정도. 좀 쉬고, 잘 먹고 잘 자면, 괜찮아지겠지.

그런데 언젠가부터 괜찮아지지 않았다. 그즈음 나는 몇 년 동안 계속된 라디오 밤 프로 생활로 체력이 한계에 다다라, 어떤 한의원에서 "이대로 계속 살면 내일 죽어도 이상할 게 없어요"라는 말까지 듣고 난 후 라디오 일을 그만둔 상태였다. 그러니 매일매일 마감 스트레스에 시달리며, 새벽에 퇴근해 많이 자야 하루에 서너 시간이었던 예전에 비하면 훨씬 덜 피곤한 생활을 하고 있는데도, 괜찮아지지가 않았다. 입이 한번 헐면, 두 개 세 개 끝도 없이 늘어나, 온 입안이 너덜너덜. 밥도 못 먹고, 말도 할 수 없는 정도를 지나서, 통증 때문에 잠을 잘 수도 없는 날까지 찾아왔다. 그런데 병원에 가면, 똑같은 말만 들었다. "요즘 일이 많으세요? 스트레스가 많나 봐요. 좀 쉬면 괜찮아질 거예요." 하지만 금세 또 헐고 나아지진 않고, 그러니 계속 스스로를 돌아보게 됐다.

'내가 또, 뭘 잘못한 걸까?'

한번은 큰 종합 병원에 갔는데도, 의사는 너무 심드렁한 표정으로 "입 말고 다른 데 허는 데는 없죠? 그럼 뭐 베체트도 아니고, 크론도 아니고, 동양 사람 중에 입 자주 허는 사람들 많아요. 그냥 잘 먹고 잘 자고, 자기 관리 잘하면 됩니다." 그러면서 간단한 피검사 정도만 하고 나를 돌려보냈다. 어쩐지 자기 관리도 잘 못하면서 별것도 아닌 일로 종합 병원까지 찾아온 꾀병 환자가 된 듯한 기분에, 나는 또 괜히 미안해졌다. 바쁜 선생님의 시간을 빼앗아 미안합니다.

그렇게 몇 년을 살다 보니, 언젠가부턴 내 자신에 대한 의심마저 생겨났다. '나는 사실 되게 못된 애인가 보다.' 내가 아픈 이유는 스트레스가 다라니, 결국 '화병火病'이란 얘긴가. 나는 사실 누군가에게 화를 내는 일이 거의 없다. 참아서가 아니라 웬만해선 화가 잘 안 난다. 내가 좀 억울한가 싶다가도, 상대방 입장에서 생각해보면 또 전혀 이해가 안 되는 일은 드물어서, 사람이니까 그럴 수 있지 뭐, 그렇게 되고 만다. 그런데 나는 또 아프다. 스트레스 때문이란다. 나는 사실 살짝만 건드려도 화가 버럭버럭 나는 진짜 못된 애인데, 좋은 사람인 척하려고 나 스스로도 나를 속이고 있었나? 안에선 화가 계속 계속 쌓이고 있었나? 그 화가 올라와 내가 지금 아픈 건가? 통증이 너무 심해서 눈물을 줄줄 흘려대며 잠 못 드는 밤이면, 그런 자괴감까지 들곤 했다.

그런데, 아니었단다.
거의 육칠 년을 그렇게 살았는데,
누군가 나에게, 이렇게 말해준 거다.

"세형 씨 몸 안에, 그 인자가 있어요."

내 머릿속 번역기를 돌리면, '너의 잘못이 아니야.'

내 몸 안에는 'HLA-B51'이라는 유전인자가 있었다. 베체트 환자들에게서 많이 관찰되는 유전인자. 그렇게 나는 희귀 질환의 일종인 베체트 환자가 됐다. 실은 구내염이 아닌 다른 증상 때문에 수소문해 찾아간 병원이었는데, 심지어 나는 6년 전 모 종합 병원에서 '베체트도 아니고, 크론도 아니고…'라는 말을 들었는데, 그래서 나는 그냥 내가 못돼서 혹은 자기 관리를 못 해서 아픈 줄만 알았는데, 아니었단다. 태어날 때 이미 그 유전인자를 갖고 태어났단다. 어렸을 땐 주로 면역력이 낮은 정도이고, 삼십 대 초반부터 본격적으로 발병하는 병인데 그 시작은 보통 구내염이란다.

너의 잘못이 아니야.

그 말이 주는 위안을, 어떻게 설명해야 할지 모르겠다. 그냥 기뻤다. 어쩌면 나는, 마음에도 꽤나 상처를 받아왔던 모양이다. '이만한 스트레스도 못 견디고 병이 나면, 이 험한 세상을 도대체 어떻게 살래?' 아픈 것도 서러운데, 나는 더 노력해야 했다. 그냥 사는 것도 벅찬데, 조심해야 할 것들이 자꾸만 늘어갔다. 배는 고픈데 시간이 없어 컵라면에 물을 부으면서도, 일은 많은데 자꾸 눈이 감겨와 커피 한 잔을 마시면서도, 죄책감이 밀려왔다. '커피 좀 줄여, 일 좀 줄여, 운동해야지. 좀 일찍일찍 자고, 마음도 좀 편하게 가지도록 노력해봐. 스트레스 덜 받게 네가 노력해야지.' 나의 통증은 나의 노력 부족에서 온 건 줄만 알았으니까. 그런데,

'아니야, 네가 덜 노력해서 아픈 게 아니야.'

완치가 없는 병이고, 치료약은 아직 없고 증상을 좀 억제하는 약만 있어서, 여전히 조금 무리했다 싶으면 지금도 어김없이 통증은 찾아오지만, 그래도 지금은 예전보다 훨씬 덜 힘들다. 약 덕분에 끝 간 데 없이 아픈 시간이 줄어들기도 했지만, 무엇보다 마음의 짐이 훨씬 덜어진 기분.

오롯이 내 잘못만은 아니라는 데에서 오는 위안.

어쩌면 우리는 누구나, 각자의 삶에서, 각자의 역량껏, 이미 충분히, 열심히 살고 있는지도 모른다. 내 삶이 아무렇게나 돼도 상관없는 사람이 얼마나 될까. 아픈 게 좋은 사람, 힘든 게 좋은 사람이 정말 있긴 할까. 이미 최선을 다해 버티고 있는 서로에게 '노력'이라는 말을 꺼내는 것이 얼마나 가혹하고 무의미한 일인지, 이제는 나도 좀 알 것 같다. 안 그래도 아픈데 이게 다 네가 더 노력하지 않아서 아픈 거고, 안 그래도 힘든데 네가 더 노력하지 않아서 힘든 거라니. 노력. 그 말이 주는 무력감, 자괴감, 그리고 상처를 안다. 그래서 나는 희귀병 진단을 받고도 기뻤고, 그래서 나도 누군가에게 이 말을 전하고 싶어, 이 긴 글을 시작했는지도 모르겠다.

사는 게 참, 힘들죠?
하지만 당신 잘못이 아니에요.

나도 그래,
그래도 너는…

　이제 거의 20년이 다 되어가나 보다. 내가 '마리' 언니를
처음 만난 건, 대학 4학년 때 휴학을 하고 라디오 작가 아르바
이트를 시작했을 때였다. 그때 내가 들어갔던 프로그램의 메
인 작가 언니였다. 나보다 열 살이나 많은 대선배였지만, 내
가 이상한 건지 언니가 이상한 건지, 처음부터 나는 언니가
별로 어렵지 않았다. 언니의 주장으론 내가 애늙은이 같아서
이고, 내 주장으론 언니가 희한할 만큼 안 늙어서인데, 어쨌

든 언니가 나를 까마득한 후배가 아닌 동년배 친구를 대하듯 스스럼없이 대해주었던 건 맞다. 지금 돌아봐도, '그때 언니는 무슨 생각으로 나한테 그런 얘기들까지 한 걸까?' 싶을 정도로, 우리의 대화는 이십 대 초반의 사회초년생과 경력 10년 차의 어른이 주고받을 얘기들은 아니었으니까. '닌자'와 '조이' 언니를 소개해준 것도 마리 언니였다. 웃음소리가 유난히 우렁차서 사무실 저 끝에서도 존재감을 느낄 수 있었던 닌자는 나와 동갑내기였고, 착하고 흥이 많은 기쁨이 '조이' 언니는 닌자와 나보다 한 살 위였다. 그리고 우리 셋은 모두 라디오 일을 마리 언니와 처음 시작한, 그러니까 다 마리 언니의 새끼들이었다.

그렇게 시작된 인연이 벌써 20년이 다 되어간다. 사회생활에서 만나는 사람들과 '친구'가 되기란 참 어렵다고들 하는데, 우리는 운이 좋았다. 그렇게밖에 설명할 방법이 없다. 우리는 모두 개인 SNS는 거의 하지 않는다. 못 한다, 라고 표현하는 게 맞을 것 같다. 우리 중 인맥이 넓고 사교 생활을 즐기며 다양한 친구들과 교류하는 사람은 없으니까. 그러기엔 넷다 귀찮음이 많은 성격이다. 남들이 보기에 우리 하나하나는 어쩌면 아웃사이더로 보일 수도 있을 텐데, 운이 좋아 어쩌다 아웃사이더 네 명이 만나 친구가 됐다. 그리고, 그 사실은 서로에게 큰 위안이 된다.

"너 나한테 잘해야 돼."
"언니도 나한테 잘해야지."
"우린 서로 다 잘해야 돼."
"맞아. 우리 넷 다 친구 없잖아."

다들 각자의 삶과 각자의 사회생활들이 있어서 자주 만날 순 없지만, 우리의 단체 채팅방이 순식간에 시끌벅적해질 때가 있다.

조이   영화 ○○○○ 나만 별로야?
닌자   왜 봤어?
세형   그니까, 왜 봤어….
조이   아니, 다들 재밌다고….
마리   너무 별로야~~~~.

그때부턴 잠깐만 정신을 놔도, 안 읽은 메시지가 세 자릿수를 넘어갈 만큼 각자의 밀린 이야기들이 쏟아진다. 우리가 이 방에서 위로받는 순간이다. 남들은 다 재밌다고 하는 영화, 사회생활하느라 남들 앞에선 욕 못 할 때. 다른 사람들이 다 A라고 하는데, 아무리 생각해도 나는 A가 아닌 것 같아서 외로워질 때. 각자의 삶에서 만난 도저히 이해할 수 없는, 하지만 규격에 맞는 삶을 살기 위해선 안 만날 수 없는 누군가의 뒷담화를 쏟아내고 싶을 때. 잠시나마 '사회생활' 스위치를 끄고, '무난한 사람'의 탈을 벗어놓은 채, 내 안의 진심을 쏟아낼 수 있는 공간이 있다는 건, 정말 위로가 된다.

하지만 무엇보다 내가 이 공간을, 이 사람들을 좋아하는 가장 큰 이유는 따로 있다. 이 공간은 적어도, 서로의 힘듦을 부정하지 않는다. 나만 힘든 게 아니라 너도 힘들다는 것을, 혹은 네가 지금은 나보다 더 힘들 수 있다는 것을 인정해준다. 굉장히 별거 아닌 이유 같지만, 실은 굉장히 어려운 일이었다. 살면서 이런 사람을 하나도 아닌, 여럿이나 만날 수 있었다는 건 말이다.

나의 구내염이 심해지기 시작했을 때, 나를 외롭게 만드는 말이 하나 있었다. "나도 그래." 생각보다 많은 사람들이 그렇게 말했다. '피곤하면 나도 그런다, 아니 누구나 다 그러는 거 아니냐.' 그럼 난 별것도 아닌 일로 징징거리는, 꾀병 부리는 애가 된 것 같아 민망하기도 하고, 외롭기도 하고, 어쩐지 좀 억울하기도 했다. 그냥 한두 군데 헐어서 아프다고 하는 게 아닌데, 매번 입안을 보여주며 '당신도 정말 이만큼 셀 수도 없이 많이, 심하게 허나요?' 이럴 수도 없고. 그래서 언젠가부턴 부러 안 아픈 척 애를 쓰기도 했다.

물론 긍정 모드를 최대로 끌어올려 생각해보면, '별거 아니다, 너무 걱정하지 마라.' 나를 다독여주기 위한 말일 수도 있겠지만, 대부분은 그렇지 않았다. 대부분은 자신의 얘기로 화제를 돌리기 위해 그 말을 꺼내곤 했다. '나는 여기가 아프다, 저기가 불편하다, 이래서 힘들다, 저래서 힘들다.' 그러니까 결국은 '내가 더 힘들다' 더 나아가 '나만 힘들다'라는 얘기를 하고 싶어 했다. 늘 궁금했다.

사람들은 왜 이렇게까지
'나만 힘든 사람'이 되고 싶어 하는 걸까?

나만 힘든 사람들은 또한 대부분, 자연스럽게 그다음 순서인 "그래도 너는…"이란 말로 넘어갔다. '그래도 너는, 결혼도 안 하고 혼자 사니까 얼마나 편해. 그래도 너는, 회사도 안 다니고 자유롭게 일하니 얼마나 좋아. 아파도 출근해야 하는 사람이랑 똑같니?' 화제를 돌려볼까 영화 얘기를 꺼내도, '그래도 너는, 영화 볼 시간도 있어 좋겠다.' 괜히 식물 얘기를 꺼내도, '그래도 너는, 여유가 되니까 화분도 들여놓고 그렇지.' 그래도 너는, 그래도 너는, 그래도 너는….

타인의 삶에선 장점만 쏙쏙 뽑아내는 그 탁월한 재능이, 자신의 삶에선 급격히 빛을 잃어버린다는 것이 늘 신기했다. 하나하나 반박하기엔 체력이 안 돼서 가만히 앉아 고개만 주억거리고 있자면, 어느새 나는 세상에서 제일 행복한 사람이 되어 있었고, 그는 세상에서 가장 힘든, 그러니까 '나만 힘든 사람'이 되어 있었다. 그럴 때마다 정말 신기했다. 그게 뭐 좋은 거라고, 그렇게까지 '나만 힘든 사람'이 되고 싶어 하는 걸까.

물론 우리도, 틈만 나면 '나 힘든 얘기'를 하기 위해 앞다퉈 떠들어대곤 한다. 30년 작가 생활이 가져다준 직업병으로, 마리 언니의 어깨 인대가 찢어졌다. 팔을 자유롭게 못 움직이는 정도가 아니라, 가만히 있어도 통증이 심해 진통제 없인 견딜 수 없는 지경이 됐다. 재활 치료를 시작하긴 했지만 이 또한 인대가 다시 붙게 할 순 없어서, 그냥 심한 통증을 조금 불편한 정도로 유지하기 위해 평생 관리를 해줘야 하는 것이었다. 닌자는 아직 초등학교 저학년인 두 아이를 키우며 일을 하는, 일명 슈퍼맘이 기본 템이다. 조금 불리해졌다 싶으면 단체 채팅방에 5분, 10분 단위로 쪼개져 있는 자신의 스케줄표를 올린다. '너 이건 반칙이야.' 싶다가도, 나의 체력으론 도저히 감당할 수 없는 양의 업무를 매일매일 반복하고 있는 닌자가 존경스럽기도 하고 안쓰럽기도 해서, 그냥 넘어가게 된다. 그리고 나는, 희귀병 환자. 닌자의 1일 활동량에 비하면 턱없이 적게 움직이지만, 그래도 조금 무리했다 싶으면, "네 몸은 너무 솔직한 거 아니냐? 가끔은 좀 모른 척 넘어가 주면 안 돼?" 이런 핀잔을 들을 정도로 어김없이 통증이 찾아온다. 그러니까 우리 셋 다 어디 가서 '나, 나, 나, 내가 제일 힘들어!' 우는소리로 안 질 자신이 있는 상황이었는데도, 이번 주

우리 모임의 1등은 조이 언니였다.

세형   뭐? 마리 언니는 어깨 인대 찢어졌고, 닌자는
　　　　　애 둘 키우는 슈퍼맘에, 나는 희귀병 환자인데,
　　　　　1등은 조이 언니라고?

닌자   응. 너 이번 주는 조용히 있어.

마리   뭔데, 뭔데, 조이 무슨 일인데?

조이 언니의 등장으로 자초지종을 다 듣게 된 우리는, 무
릎을 꿇었다. 우리 중 아무도 조이 언니에게, '그래도 너는, 그
래도 언니는…'을 장착하지 않았다. 그저 들어주고, 인정했다.

세형   그러네, 언니 진짜 힘들겠다.

마리   그 #$*&@^%&)*T#%(*^$@#$! (조이 언니를
　　　　　힘들게 한 주범을 욕하는 중….)

닌자   아 정말, 다들 그만 아프고 그만 좀 힘들었으면
　　　　　좋겠다. 나도 기본 템으로 1등 좀 해보게!

세형   기다려. 넌 어차피 이번 주는 틀렸어.

그리고 잠시나마 조이 언니의 힘듦을 덜어주려, 각자의 개그 감각을 끌어올려 우스운 얘기들을 늘어놓으며 다음 주를 기약했다.

닌자   다음 주는 내가 1등 하면 좋겠다. 나도 지금 사연 백만 개인데, 세 사람이 요즘 너무 분발해서 내가 꾹 참고 있는 거 알지? 나 우는소리 한 지 진짜 오래된 거 다들 알지?

그럼 또 우리는 선선히 닌자의 1등을 바랐다. 닌자 또한 '나만 힘든 사람'이 되고 싶어서 그런 얘길 하는 게 아니라는 걸 아니까. 본인이 1등이라는 건, 나머지 세 사람이 안 아프고 무탈한 그나마 평온한 한 주를 보냈다는 얘기. 그건 닌자가 우리를 걱정하고 위로해주는 방식.

어떻게 보면 참 쉬운 일 같은데, 이게 또 그렇게 어려운 일인가 보다. 딱히 큰 도움을 주지 않아도 된다. 대단히 유려하고 감동적인 위로의 말을 바라는 것도 아니다. 우리는 그저 '나의 힘듦'을 인정받는 것만으로도 잠시 숨통이 트인 기분이

드는데, 그 '인정'이 어려운 사람들은 또 왜 이렇게 많은 걸까.

"나도 그래, 남들도 다 그렇게 살아. 그래도 너는… ('너는 행복한 사람' 읊는 중)."

"하지만 나는… ('나만 힘든 사람' 장착 중)."

하나하나 반박하기엔 체력이 모자라, 오늘도 나는 고개를 주억거리며 그의 말을 듣는다. 테이블 밑으로 바쁘게 손가락을 놀리며….

세형   #*&!^%$ᅢ!&*#%!$*$&@! (단체방에 이르는 중….)

닌자   내가 전화해줄까? 급한 일 생긴 것처럼?

조이   닌자, 빨리 세형이한테 전화해.

마리   피로하다, 그런 사람. 얼른 튀어나와! 도망쳐!
　　　　위험해!

닌자는,

닌자니까

　몇 해 전 마리 언니와 조이 언니, 나 이렇게 셋이서만 여행을 간 적이 있었다. 그 당시 닌자는, 아직 미취학 아동을 둘이나 키우고 있었기에 함께할 수 없었다. 닌자의 울부짖음과 부러움을 뒤로한 채 우리는 라오스 공항에 도착했고, 그곳에 살고 있던 마리 언니의 지인분이 마중을 나오셨는데, 마리 언니는 그분에게 조이 언니와 나를 이렇게 소개했다.

"한국에서 기쁨이 하나랑 슬픔이 하나 데려왔어."

우리는 모두 (한국에서 실시간 문자 중계로 여행을 함께하고 있던 닌자까지) 웃음을 참을 수 없었다. 아무도 그 말을 부인할 수 없었기 때문이었다. 영화 〈인사이드 아웃〉에 나오는 기쁨이와 슬픔이. 밝고 긍정적인 기본 성격만 비슷한 게 아니라, 하나로 조금 올려 묶은 헤어스타일 하며, 화사한 색감의 옷을 좋아하는 조이 언니는 누가 봐도 '기쁨이'였고, 나는 '슬픔이'의 팔자 눈썹을 장착하고 태어났다. 조금 더 어렸을 땐, 아무 생각 없이 벤치에 앉아 있는데도 모르는 사람이 말을 건네 오기도 했다. "혹시 무슨 일 있으세요? 너무 슬퍼 보여서요." 어쨌든 그리하여 조이 언니는 '조이Joy'가 되었고, 나는 새드니스Sadness라 부르기엔 너무 기니까 그냥 '슬픔이'가 되었다.

그리고 이 글의 주인공인 닌자. 닌자가 닌자가 된 것은, 일본의 닌자처럼 날쌔고 가볍게 사부랑삽작 움직이는 뛰어난 운동 신경의 소유자이기 때문은 아니다. 하지만 만화 〈닌자 거북이〉의 그 닌자에서 온 것은 맞다. 그렇다고 또 거북이를 닮은 건 아니다. 닌자가 닌자라 불리게 된 이유는 그저, 점집에서 거북이 깃발을 뽑았기 때문이다.

그 점집은 들어가자마자 아무것도 묻지 않고, 돌돌 말려 있는 깃발 중에 하나를 뽑으라고 했다. 그리고 닌자는 하얀 바탕에 커다란 거북이 하나만 달랑 그려져 있는 깃발을 뽑았다. '이게 뭐지?' 당황해하는 닌자에게 점을 봐주는 분이 처음한 말,

"보기 드물게 건강한 체질이야!"

이미 거기서 우리 넷은 모두 빵 터졌다. 모든 퍼즐이 맞춰지는 기분이랄까. 홍조 띤 얼굴로 이 얘기를 전하고 있는 닌자 스스로도 웃음을 참지 못했다. "그런 거였어, 내가 보기 드물게 건강한 거였어! 여기 이 사람들이 약한 게 아니고!"

이십여 년 전 우리가 처음 만났을 때부터, 닌자는 에너지가 넘쳤다. 말하는 속도도 빠르고, 밥 먹는 속도도 빠르고, 좋은 일에나 나쁜 일에나 흥분하는 속도도 빨라서 웃음도 많고

울음도 많았다. 급속도로 시무룩해졌다가도, 회복 속도 또한 빨랐다. 그래서 나는 가끔 억울하기도 했다. 분명 몇 주 전 닌자는 나에게 흥분된 목소리로 누군가에 대한 분노를 표출했는데, 그래서 나는 이미 (얼굴도 모르는) 그 누군가를 마음속으로 미워하고 있었는데, 오늘은 또 그와 사이좋게 잘 지내고 있다고 얘기하는 닌자. 닌자는 이미 자신이 상처받은 일을 잊었는데, 나만 기억하고 있다는 게 좀 억울했다. 닌자는 가끔 나에게 "지금은 어쩔 수 없이 만나긴 만나야 하는데, 내가 까먹을 수도 있으니까 3년 후에 나한테 M이랑 절교할 거라고 말해줄래?" 이런 부탁을 한다. 그럼 또 나는 3년 후 스케줄표에 적어놓는다. 물론 3년 후 그날이 와서 닌자에게 그 얘기를 하면, 닌자는 또 그 특유의 호탕한 웃음소리와 함께 이렇게 말할 것을 알면서도 말이다. "어머! 내가 그랬니? 깔깔깔깔깔깔."

나는 사실, 그런 닌자를 좋아한다. 평균 이하의 에너지로 태어난 데다, 기본적으로 슬픔이의 팔자 눈썹을 마음속에도 장착하고 있는 나로서는, 닌자가 부럽기도 하고 가끔은 존경스럽다. 닌자는, 나는 도저히 하루에 처리할 수 없는 일들을 매일매일, 그것도 잘, 해내 가며 살고 있으니까.

닌자의 기상 시간은 새벽 3시에서 4시 사이다. 내가 늦게까지 작업하고 있을 때면, 그러니까 나는 아직 잠자리에 들지 못한 채 어제를 살고 있을 때, 닌자는 오늘의 원고를 준비하고 출근을 한다. 그 시간 우리는 가끔, '잘 자', '출근 잘 해'라는 문자를 주고받는다. 매일 생방송인 라디오. 그것만으로도 나는 힘들 것 같은데, 닌자는 두 아이를 키우고 있다. 닌자의 오후 시간은 아이들을 데려오고 데려다주고, 밥을 먹이고 숙제를 봐주고, 이런저런 집안일을 하는 데 소요된다. 이쯤 되면 녹다운이 될 법도 한데, 닌자는 저녁 시간 운동을 하고, 라디오 원고가 아닌 자신의 작품까지 쓰고 있다. 이건 사실, 아무 일도 일어나지 않은, 아주아주 평온한 날의 일과일 뿐이다. 엄마, 아내, 라디오 작가, 며느리, 딸, 프리랜서 작가 등 여러 역할을 하고 있는 만큼 도처에서 예상외의 일이 쉴 새 없이 튀어나온다. 아이가 아플 때도 있고, 시댁이나 친정에 일이 생길 때도 있고, 방송국에서도 여타의 다른 인간관계에서도 여분의 에너지를 필요로 하는 일은 언제나 일어난다.

나는 닌자가 그 많은 일들을 어떻게 저토록, 그것도 너무나 씩씩하게 잘해나가는지 가끔은 신기하기도 하고 존경스럽기도 했다. 그리고 그런 마음이 들 때면, '역시 닌자는 닌자니까 되는 건가. 보기 드물게 건강한 체질이라서….' 점집에서 닌자가 들었다는 말이 떠오르기도 하지만, 한편으론 이런 생각도 든다. 어쩌면 닌자는, 그 말이 듣고 싶어서, 그 말이 너무 필요해서, 점을 보러 간 걸지도 모르겠다는 생각.

오랜만에 우리 네 사람의 시간이 다 맞는 날이 생겼다. 닌자의 빽빽한 스케줄도 스케줄이지만, 다들 각자의 삶이 있어서 이렇게 네 사람이 다 모일 수 있는 건 아무리 부지런을 떨어봤자 두세 달에 한 번쯤이다. 그러니 이날은 꼭 맛있는 걸 먹자고 했다. 제법 괜찮은 식당을 닌자 이름으로 예약했다. 그리고 식당에 도착했을 때, 테이블 위에는 메뉴판과 함께 짧은 손편지 메모가 놓여 있었다. "○○○ 님, 오늘 하루도 힘드셨죠?"로 시작되는 고객 서비스 차원의 간단한 메모였을 뿐인데, 그걸 보자마자 닌자가 왈칵 눈물을 터트렸다. "어! 나 오늘 너무 힘들었잖아!" 그러면서 눈물을 닦아내는 닌자의 손에서부터 팔꿈치까지 빨간 반점들이 올라와 있는 게 보였다.

"스트레스지 뭐, 그냥 면역력이 약해져서 그렇대."

오늘 닌자는 그 바쁜 스케줄 속에서 병원까지 다녀왔단
다. 둘째를 데려올 시간이 다 돼서 병원에서 바로 약국으로
향하지도 못하고, 아이를 데리고 약국에 들렀는데, 약사분이
너무 짠한 눈빛으로 닌자를 한번 보고 아이를 한번 보더니 이
렇게 말했단다. "엄마가 힘든가 보다, 엄마 말 잘 들어." 그때
도 이미 한번 울컥했지만, 아이가 옆에 있으니 울지도 못하
고, 또 그 특유의 호탕하고 쾌활한 목소리로 "고맙습니다"를
외치고는 약국을 나왔는데,

"○○○ 님, 오늘 하루도 힘드셨죠?"

아무것도 아닌, 이 말 하나에 눈물이 터진 닌자. 그 마음
을, 너무 알 것 같아서 내 마음도 덩달아 찡해졌다. 나 또한
아직 병명은 모른 채 통증만 심했던 어느 날, 별것도 아닌 말
에 눈물을 찔끔 흘렸던 적이 있다. 동네 치과에서 내 입안을
본 한 의사가 정말 놀란 듯 소리를 질렀다. "아니, 사람이 어
떻게 이러고 살아요!" 그동안 내내 '남들도 다 그렇다, 피곤하

면 누구나 입은 다 헌다.' 이런 얘기만 들어왔는데, 누군가 내 통증을 알아봐 준 것만으로도 찔끔 눈물이 났다. '그죠? 저 정말 아픈 거 맞죠?'

아마도 닌자 또한 그렇게 살아왔을 것이다. '남들도 다 그렇게 산다, 너만 힘든 거 아니다.' 그런데 누군가 말해준 거다.

"○○○ 님, 오늘 하루도 힘드셨죠?"
"어! 나 오늘 너무 힘들었잖아!"

그렇게 터진 눈물. 하지만 닌자는 또 닌자여서, "오늘은 내가 1등이지? 나 오늘 진짜 많이 먹을 거야!" 금세 씩씩해져서 "너무 맛있다"를 한 백 번쯤 반복하며, 그 와중에 수다도 떨고 호탕한 웃음소리도 반복하며 굉장히 빠른 속도로 음식들을 먹어 치웠다. 그리고 나와선 "아 배불러"를 또 한 백 번쯤 반복하면서도, 씩씩한 걸음으로 디저트 가게로 향했다. 역시, 에너지가 넘친다. 체력이 모자라, "저기, 있잖아." 할 말이 있어서 얘길 시작했다가도, "아니다, 나중에 얘기할게." 어느 순간 급격히 말수가 줄어드는 나로서는 그렇게 여러 번 같은 말을 반복할 수 없다. 하지만 그럼 또 닌자는, "뭔데, 뭔데? 아, 무슨 얘긴데?" 넘치는 에너지로 내가 결국 이야기를 끝낼 때까지 나를 채찍질하겠지.

하지만 나는 그런 닌자가 참 좋다. 가끔은 부럽기도 하고, 기특하기도 하고, 고맙기도 하다. 내가 닌자를 '닌자'라고 부를 수 있을 만큼 넘치는 에너지로 잘, 견뎌내 줘서.

"보기 드물게 건강한 체질이야!"

그 점집이 너무 용한 곳이라, 정말 닌자는 보기 드물게 건강한 체질일지도 모른다. 하지만 나도 그렇고, 닌자도 그렇고, 기본적으로는 점을 그다지 신뢰하지 않는다. 무언가를 전적으로 신뢰하기엔, 우리는 너무 의심이 많은 사람들이다. 하지만 그럼에도 닌자가 점을 보러 간 것은, 그 말이 듣고 싶어서, 그 말이 지금 이 순간 너무 필요했기 때문인지도 모르겠다.

"보기 드물게 건강한 체질이야!"

그 말은 닌자에게, 버팀목이 되어준다. '그래, 나는 건강하니까 이 정도는 견뎌낼 수 있어.' 그 말에 기대어 닌자는 또 정신없이 바쁜 오늘을 견뎌낸다. 그 말이 주문이라도 되듯 끊임없이 되뇌며, 결코 끝나지 않을 것 같은 고단한 내일을 또 버텨낸다. 그래서 나는 또 고마웠나 보다.

잘 버텨내 주는 닌자에게도,
그 말을 닌자에게 해준 용한 점집에게도.

꽤 오래전, 작가들 원고에 까다롭다고 소문이 자자한 어떤 DJ
의 프로에서 섭외가 온 적이 있다. 그때 나는 전에 그 DJ와 일해
본 적 있는 닌자에게 전화를 걸어 '내가 할 수 있는 일'인지를 물
어봤는데, 닌자는 이렇게 답했다.

"어, 넌 B형이라 괜찮을 거야!"

뭐? 이게 무슨 뚱딴지같은 소리인가 했는데, 그 DJ와 친분이
있는 다른 지인 또한 같은 말을 했다. "응, 넌 B형이니까 잘 맞을
걸?" 심지어 그 DJ와 처음 미팅하는 날, 그는 자리에 앉기도 전에
나에게 이렇게 말했다. "B형이라면서요? 그럼 걱정 없겠네요." 아
니, 다들 왜 이러세요. 배울 만큼 배운 분들이….

그런데 우리는 정말 잘 지냈다. 헤어지는 날까지도, 소문으로만
들어왔던 우려했던 일들은 전혀 일어나지 않았다. 정말 내가 B형
이라 그랬을 수도 있고, 내가 B형이니까 괜찮을 거란 상호 간의
선입견과 최면의 효과였을지도 모르지만, 이런 생각은 들었다.

혈액형, 오늘의 운세, 용한 점집, 책을 읽다 귀퉁이를 접는 일, 서둘러 나의 플레이리스트에서 그 노래를 찾는 일, 나를 혼낼 사람이 아닌 지금 내가 듣고 싶은 말을 해줄 것 같은 누군가에게 전화를 거는 일.

　객관적, 논리적, 합리적, 과학적이지 않다는 걸 모르는 게 아니다. 그저 필요한 순간이 있는 거다. 안심하고 싶은 순간. 잠시라도 위로받고 싶은 순간. 아무리 감추고 눌러보아도, 어느 순간 삐죽 튀어나오는 내 안의 불안을, 잠시 잊고 싶은 순간이.

떡볶이

잠시 외출했다 집에 가는 길, 배가 고팠다. 마침 김이 모락모락 올라오는 빨간 떡볶이가 내 시선을 강탈했다. 먹고 갈까, 아니면 포장해 갈까. 집에 가서 〈타나카군은 항상 나른해〉를 보면서, 나 또한 나른하게 떡볶이를 천천히 꼭꼭 씹어 먹으면 너무 행복할 것 같았다. 요 며칠 나를 즐겁게 해주는 애니메이션 시리즈라, 굉장히 아껴 보고 있었으니까. 하지만 나는 결국, 냉장고 속 떡볶이 재료들을 헤아려보며 집으로 발길을 돌렸다. 지금 나는 배가 고프고, 포장해 가면 바로 먹을 수 있을 테지만, 분명 너무 매울 것 같아서였다.

거의 6년 동안, 매운 음식을 먹지 못했다. 조금 헐었든 많이 헐었든, 입안이 완전히 깨끗한 적은 거의 없었기 때문에, 매운 음식과 신 음식(이상하게 신맛이 매운맛보다 더 아프다), 그리고 방울토마토처럼 씹으면 입안에서 터지는 음식(상처 부위를 피할 길이 없다)은, 거의 먹질 못했다. 병명을 알게 되고 약을 먹기 시작하면서, 드문드문 입안에 상처가 없는 날도 생겼다. 어느 날 아침 눈을 떴는데, 입안에 통증이 하나도 느껴지지 않았다. 통증 없는 아침이 너무 오랜만이라, 그게 너무 낯설어 한참을 멍하니 앉아 있었던 기억이 난다. 3일쯤 상처가 생기지 않아 친구들과 마라탕을 먹었는데, 물론 먹으면서도 너무 매웠지만 그래도 매운맛이 반가워 열심히 먹었더니, 한 시간 후부터 설사를 해댔다. 너무 오래 매운 음식을 안 먹었더니, 이제는 아예 못 먹게 되어버렸나 보다.

그런데 문제는, 언젠가부터 사 먹는 음식이 모두, 너무, 매워졌다는 거다. 마라탕이나 불닭볶음면 같은 건, 그냥 처음부터 '각오해랏, 매운맛!' 작정하고 덤벼야 하는 거니까 그냥 피하면 되는데, 이렇게까지 매울 필요는 없을 것 같은 음식들까지도 유행을 타기 시작했다. 위에 올려진 청양고추를 모두 (매운맛을 좋아하는) 앞사람의 그릇으로 옮긴 다음 먹기 시작했는데도, '콩나물국밥이 대체 왜 이렇게까지 매워야 하지? 육개장도 아니고⋯.' 반도 못 먹고 포기했다. 닭강정은 달짝지근한 맛으로 먹는 거 아닌가? 주문할 때 분명 '순한맛'으로 골랐는데, 순한 게 이 정도면 대체 '아주 매운맛'은 어느 정도일지 짐작도 되지 않았다. 몇 년째 단골이던 떡볶이집. 이사한 다음에도 그 맛이 그리워 가끔 2, 3인분씩 사 와서 냉동고에 넣어놓고 데워 먹곤 했는데, 어느 날 한입 베어 물자마자, "아, 매워!" 오늘 뭔가 너무 졸여진 걸 샀거나, 내 컨디션이 이상한가 싶어 (어쩌면 단골집의 맛이 변했다는 걸 인정하고 싶지 않았던 걸지도 모르겠다), 그 후로 몇 번 더 도전해보았지만, 나는 결국 그 단골 떡볶이집과 안녕을 고해야 했다.

안 그래도 먹는 속도가 느려서 사람들과 밖에서 식사할 때, 내 딴에는 최고 속도로 먹는데도 늘 상대방을 기다리게 해야 하는 게 미안해서, 적당한 선에서 숟가락을 놓게 되곤

했다. 그런데 이제 사 먹는 음식들이 모두 매워지기까지 해서, 안 그래도 히키코모리인 나는 점점 더 집에서 혼자, 천천히, 덜 매운(내겐 적당히 매운) 음식으로 식사를 하는 게 편해진다. 아, 위험한데….

"누나 그거 알아요? 튀김우동도 매워진 거?"

나만큼이나 매운 음식을 못 먹는 한 후배가, 그런 얘길 한적이 있다. 나 또한 언젠가부터 고춧가루가 더 많아졌나 갸우뚱하곤 했는데, 후배는 굳이! 왜! 너마저! 분노에 찬 목소리로화를 냈다. '안 먹으면 되지, 뭘 또 그렇게 화를 내니….' 싶으면서도 후배의 마음을 알 것도 같았다.

외로우니까.

내가 다수에 속하진 않는다는 걸 알지만, 그래도 6대 4, 아니 7대 3 정도만 되는 구도여도, '뭐 세상엔 이런 사람도 있고, 저런 사람도 있는 거지.' 내가 소수집단에 있다는 게 도리어 쾌적하게 느껴지는 순간들도 있어 괜찮다. 그런데 참 이상하다. 한번 기울어진 추는, 돌아오기는커녕 점점 더 각이 심해진다. 금방 8대 2가 되고, 어느 순간 9대 1인 것 같다가, 어느 날 정신을 차려보면 내가 0.000001쯤에 있는 것 같아 한없이 외로워지는 거다. 진짜 내 마음, 진짜 내 생각, 진짜 내 취향, 진짜 내 입맛을 밝혔다간, 이상한 사람, 예민한 사람, 까다로운 사람, 불편한 사람으로 낙인찍혀 점점 더 혼자가 돼버릴 것 같은 기분이 드는 거다.

그래서 가끔 궁금하다. 저기 99.999999에 있는 것 같은 사람들이 정말, 다, 이 맛을 좋아하는 걸까? 이 맛만 좋아하는 걸까? 세상에는 다양한 맛이 있고, 다양한 취향도 분명 있을 것 같은데…. 똑같은 한 사람조차도, 이 맛도 좋아하고 저 맛도 좋아하는 다양한 취향일 수 있을 것 같은데…. 다수에 속하고 싶어서, 다수에 속해야만 할 것 같아서, 그래야 살아남을 수 있을 것 같아서, 진짜 나는 숨기며 조심조심 간신히 버텨내고 있는 사람들도 분명 있지 않을까?

배에서 꼬르륵 소리가 들려온다.

어쩌면 그저, 내가 지금 너무 배가 고파서 잠시 삐뚤어진 것일지도 모르겠다. '집에까지 15분, 냉장고를 열고 재료들을 꺼내서 요리하는 데 또 20분은 더 걸리겠지? 다 먹고 나면 또 설거지가 한가득이겠구만. 냄비 닦는 거 너무 귀찮은데…. 아, 그냥 저 떡볶이를 사갈 수 있다면 정말 좋겠다!'

하지만 그럴 수 없다는 게 갑자기 너무 귀찮아져서, 그리고 조금 외롭기도 해서 투덜투덜. 그러면서도 머릿속으론 바쁘게 냉장고 속 떡볶이 재료들을 헤아리며 집으로 향한다.

괜찮아, 그래도 나에겐 타나카군이 있잖아.
후다닥 요리해서,
타나카군을 보며 나른하게, 천천히,
덜 매운(내겐 적당히 매운) 떡볶이를 꼭꼭 씹어 먹어야지.

타나카군은
항상 나른해

"넷플릭스에 〈타나카군은 항상 나른해〉라는 만화가 있는데, 한번 봐봐."

친구의 추천작이었다. 제목부터가 내겐 너무 매력적이라, 찜한 콘텐츠에 일단 추가해놓긴 했는데, 며칠을 까먹고 있었다.

"타나카군 봤어? 아, 빨리 봐. 한 회만이라도 빨리!"

친구가 왜 이렇게 보채나 싶었는데, 1회를 보자마자 바로 알 것 같았다. 한없이 나른한 표정의 타나카군 행동이 너무 웃겨서 처음에는 나도 모르게 '푸하하하하' 정말 소리 내 웃기를 몇 차례. 하지만 점점 시간이 흐를수록 나는 안절부절. 이걸 끄지도 못하고, 그렇다고 분명 웃기긴 한데 마냥 편하게 웃지도 못한 채 안절부절. 집에서 혼자 보고 있는데도, 손가락을 꼼지락꼼지락 어떻게 해야 할지 몰라 자꾸 이쪽 봤다 저쪽 봤다 안절부절. 그쯤 친구에게서 다시 문자가 왔다.

"봤어?"
"으…응."
'ㅋ'을 한바닥쯤 친 다음, 친구는 이렇게 말했다.
"세형아, 외로워하지 마! 너랑 똑같은 애가 있잖아."

뭔가 나와 비슷한 부분이 굉장히 많다는 걸 부인할 수는 없는데, 그래서 외로워하지 말라는 친구의 말도 너무 알겠고, '나만 이러는 게 아니구나.' 조금 안심이 되는 부분도 없지 않았지만, 어쨌든 개그 만화이지 않나! 내가 정말 누군가에겐 저 정도로까지 보일까, 안절부절. 아니야, 나를 너무 잘 아는

친구니까 비슷하다고 하는 거겠지, 현실 부정. 그래도 웃기긴
웃긴데, 아 몰라, 그냥 보자! 일단 타협. 아, 근데 정말 나랑 비
슷하긴 비슷하구나, 마침내 인정. 그러다 나는 결국, 타나카군
을 좋아하게 되었다.

어디서나 최적의 나른함을 찾아 바로 잠이 들 수 있다거
나, 팔을 괴고 자다 쥐가 나서 더 잘 자기 위해 운동을 해야겠
다고 아주 잠시 생각한다거나(나 역시 하도 많이, 잘, 자서 '신생
아냐?'라는 놀림을 종종 받는다), 아무리 밝은 노래도 타나카군
이 피아노 반주를 맡으면 점점 기운 빠진 노래로 변해버린다
거나(의도치 않아도 주위의 흥을 감소시키는 탁월한 능력!), 편식
은 하지 않는다고 생각하지만 귀찮아서 안 먹는 음식은 꽤 있
다거나(나도 맛있다는 건 알지만 까기 힘든 새우나, 너무 많이 씹
어야 해서 먹는 동안 지쳐버리는 곱창이나 딱딱한 검은 콩 같은 음
식은 좀…), 복사기에서 막 나온 종이를 따뜻하다고 좋아한다
거나('따뜻한 A4 용지'라는 글을 쓴 적도 있다), 어쩐지 귀찮은
일에 휘말릴 것 같으면 안 들리는 척한다거나(주로 먼 산을 본
다), 싸우는 건 에너지 소모가 너무 크니까 재빨리 지는 쪽을
선택한다거나(미안하다고 했는데, 미안하다고 했다고 혼나는 경

우가 종종 있다. 그래서 또 미안…).

하나하나의 에피소드가 다 너무 웃기면서도 남의 일 같지 않은, 그래서 뭔가 재밌지만 창피하면서도 위로가 되는, 묘한 기분으로 한 편 한 편을 아껴 보게 됐다. 그러다, 이 대사를 만났다.

"있잖아. 난 딱히 내 인생에서도 주인공이 되고 싶지 않아. 가능하면 주목받지 않고 조용히 살고 싶어."

언젠가 출판 쪽에서 일하는 사람들과 (본의 아니게) 밥을 먹게 됐는데, 누가 나에게 물었다. "작가님은 인터넷 쇼핑도 안 하세요?" 그는 작가들을 발굴하고 섭외하는 게 직업인 사람이라, 인맥이나 인터넷 등을 총동원해 작가들의 연락처나 신상에 대해 수집하는 스킬에는 자부심이 대단했는데, 어떻게 인터넷에 사진 한 장, 상품평 같은 짧은 글 하나 안 나오냐며, 자기들 사이에선 '강세형은 실존 인물이 아니다'라는 농담 반 루머까지 있다며 웃었다. 인터뷰를 왜 안 하느냐, 강연은 왜 안 하느냐 등의 얘기도 많이 들었다. 출판 시장도 예전

같지 않은 요즘엔 책만 팔아서 먹고살긴 힘들다, 책을 내고 인터뷰 등으로 몸값을 올려서 결국엔 강연을 해야 돈이 된다는 얘기도 많이 들었다. 얼굴을 공개하고 싶지 않다면, 인스타그램이라도 해야 한다고 했다. 요즘 출판 시장은 인스타나 유튜브 스타들이 대세라며.

"인스타엔 뭘 올려야 하나요?"

"예를 들면, 여기 커피잔이랑 케이크 사진 같은 거 예쁘게 찍어서 올리는 거죠. 오후 회의는 달콤한 케이크와 함께, 뭐 이런 글이랑 같이?"

"⋯⋯."

그런 자리에 다녀오면, 뭔가 자극을 받는다거나 그래서 앞으로 나의 행보에 대해 진지하게 다시 고민해본다거나, 그렇게 되면 좋을 것 같은데, 나는 그냥 피곤했다. 어쩐지 피곤해져서, 잤다. 어쩌면 좀 외로워서였는지도 모르겠다. 이젠 정말 콘텐츠가 아니라, 사람을 파는 시대가 된 걸까. 그럼 난 직업을 잘못 선택한 걸까. 앞으로 얼마나 더 버틸 수 있을까. 인터뷰를 거절했을 때, 몹시 황당하다는 반응을 보이는 사람들도 있었다. '아니, 내가 너를 인터뷰 해주겠다는데, 왜?' 그럴 때면 내가 정말 이상한 사람이 된 것 같은 기분이 들기도 했다. 그런데 정말 다른 사람들은 다, 유명해지고 싶고 주인공이 되고 싶고, 그런 걸까? 그렇다면, '텔레비전에 내가 나왔으면 정말 좋겠네, 정말 좋겠네.' 이 노래에 공감하지 못하고 구석에서 멍하니 고개만 갸웃거렸던 아이는, 커서 뭐가 돼야 하는 걸까.

"난 딱히 내 인생에서도 주인공이 되고 싶지 않아."

그래서 타나카군의 이 말이, 내 마음에 닿았나 보다. 아무도 나에게 그런 말을 해준 적은 없었다. 그래서였나 보다. 오래전 조석 작가의 〈마음의 소리〉에서 슬램덩크 안 감독의 말을 뒤집은, "포기하면 편해"라는 말을 처음 봤을 때만큼이나, 어쩐지 좀 통쾌한 기분마저 들었다.

왜 꼭, 모두가, 주인공이 되어야 하는 걸까?

이 세상에는 뒤에서 묵묵히 커다란 기계의 톱니바퀴 한 축처럼 자신의 삶을 영위해가고 있는 사람들도 많을 텐데, 아니 실은 그런 사람들이 더 많을 텐데, 그렇다고 그 사람들이 자신의 삶을 결코 소홀하게 흘려보내며 살고 있는 것도 아닐 텐데 말이다. 심지어 한없이 게을러 보이는 타나카군마저도 최적의 나른함을 위해 끊임없이 연구하고 실천하며 살아간다.

왜 넌, 앞으로 나아가려 하지 않니.
왜 넌, 이렇게 포기가 빠르니.
왜 넌, 네 인생의 주인공이 되려 하지 않니.

잘 모르겠다. 적어도 나에게 그런 말들은 전혀 동기부여가 되지 못했다. 나는 여기 조금 뒷줄에 서서 내 자리의 몫을 해내는 것도 충분히 의미 있는 일이라고 생각하는데, 자꾸만 너는 낙오자라고, 왜 해보지도 않고 포기하냐고, 그렇게 욕심이 없어서 어떡하냐고, 혼나고 있는 듯한 기분에 도리어 좀 피로해졌다.

그런데 나는 사실, 욕심이 없는 게 아니다. 욕망의 형태가 조금, 다를 뿐이다. 내 욕망의 사이즈가 유난히 작아서, 여기 조금 뒷줄에 서 있는 게 아니다. 어느 자리에서나 주인공이 되어 대화를 이끌어가고 싶은 욕망보다는, 조용히 듣고 싶은 욕망이 더 강할 뿐이다. 누가 날 알아봐 주길 바라기보다는, 내가 그들을 관찰하는 쪽이 더 즐거울 뿐이다. 유려한 말과 뛰어난 재기로 누군가에게 다가가는 쪽보다는, 작은 내 방에서 긁적거린 소박한 몇 줄의 글로 손을 내미는 게 그나마 내가 더 잘할 수 있는 일이라고 생각할 뿐이다. 또한 그렇게 내 자리에서, 내 몫의 삶을, 잘 살아내는 것도 만만치 않게 어려운 일이라고 생각할 뿐이다. 그래서 나처럼 조금 다른 형태의 욕망을 가진 사람들도, 그 욕망을 인정받을 수 있는 세상이 조금 더 빨리 찾아왔으면 좋겠다는 바람이 있을 뿐이다.

세상에는 나 같은 사람들도 꽤 있지 않을까? 드라마에 등장하는 모든 인물이 주인공일 순 없는 거니까. (잠시 모두가 주인공인 드라마를 상상해보는 것만으로도, 어쩐지 어지럽다.) 하지만 조연의 자리에서도, 엑스트라의 자리에서도 묵묵히 자신의 역할을 아주 잘, 수행해나가는 사람들도 분명 있지 않을까. 아니, 더 많지 않을까.

만화책이 쭉 진열돼 있는 서점 앞에 서서 타나카군이 말했다. "그렇잖아. 주인공은 이야기가 계속되는 한 툭하면 살인 사건에 휘말리고, 엄청나게 강한 적과 싸워서 새로운 능력에도 눈떠야 하고, 해적이 돼서 온 세상의 꿈을 끌어모아야 하잖아. 얼마나 피곤하겠어." 활약하는 게 주인공의 역할이니까, 라고 말하는 친구에게 타나카군이 다시 말한다. "활약하기도 싫고, 주목받기도 싫어. 그런 점에서는 엑스트라가 좋아. 기본적으로 대사가 없고, 경지에 이르면 이목구비도 안 그려줘." 그와 동시에 타나카군의 이목구비가 흐려지고, 다급한 목소리로 친구가 외치길,

"그만둬! 습득하려 하지 마! 확실히 소질은 있지만…."

엑스트라도 아무나 잘할 수 있는 일이 아닌 거다. 소질도 있어야 하고, 이목구비를 흐려지게 보이게 할 만큼 부단한 노력도 있어야 하며, 무엇보다 그런 나를 좋아할 수 있는 뚝심도 있어야 한다. 아직 우리는, 모두가 주인공이 되어야만 한다고 등 떠밀리는, 굉장히 어지러운 드라마 속에서 살고 있는 것 같으니까.

조이 언니와 우리집 거실에 누워 이런 대화를 주고받은 적이 있다. (우리 같은 사람들은, 수다도 누워서 떤다.)

"언니, 나 언니 서브 작가로 써주면 안 돼? 나 월급 받고 싶어."

"야, 나도 서브 작가 하고 싶어. 네가 메인 작가 해서 나 좀 써주라. 이제 나이 많아서 아무도 나 서브로 안 써줘."

"나도 메인 작가 하기 싫어서 라디오 안 하는 거 알면서 왜 이래."

"그니까 닌자도, 마리 언니도 다 서브만 하고 싶다고 하고. 역시 우리가 제일 재밌게 잘할 수 있는 건 서브 작가인가 봐."

"그러게."

"야, 그럼 우리 같이 카페 할래?"

"나 보조할 거야. 먼저 찜!"

"야! 네가 사장해야지 무슨 말이야. 내 꿈은 보조인 거 몰라?"

"…… (안 들리는 척)."

"그럼 너, 식물 키우는 거 좋아하니까 시골 같은 데 내려가서 농원 같은 거 할까?"

"그럼 내가 서브."

"야!"

"응, 우린 이래서 안 돼. 어디서 대장 하고 싶은 사람 좀 섭외해 와."

너무 비슷비슷한 사람들만 모이면 또, 엑스트라 경쟁률이 이렇게 치열해지는 부작용이 생기나 보다.

스페셜리스트

참 희한하다.

사회생활을 하면서 만난 사람들과는
너덧 살 차이도 같은 세대라는 동질감 때문인지
그 차이가 별로 크게 느껴지지 않는데,

학창 시절 선배들을 만나면,

한 학번, 고작 한두 살 차이인데도
굉장히 언니, 오빠라는 느낌이 든다.

개인적으로 나는
그래서 대학 선배인 이들을 만나는 게 좋다.
내가 막내다!
어쩐지 그 기분을 맘껏 누릴 수 있는 곳이
이제 여기밖에 없는 기분이랄까.

한 학번 선배 부부가 전주에 산다.
서울에 있는 다른 선배와 함께 그 집으로 2박 3일 여행을 갔다.
하필 폭염주의보가 내린 주말이기도 했지만,
"우린 전주에 온 게 아니라, 효자동 ○○ 아파트에 온 것 같아."
이런 말이 나올 정도로,
그냥 집 안에서 먹고 자고, 수다 떨고, 그러기에도 바빴다.

마치 대학 시절,
엠티를 왜 이렇게 멀리 왔나,
어차피 민박집에서 술만 마실 거면 그냥 학교 근처에서 먹지.

그 시절로 돌아간 기분마저 들었다.

나는 막내라서,
아무것도 안 했다.
아니, 못 했다.

물론 그중 내가 제일 약골이기도 했지만,
그런 나에 대한 배려라는 것도 너무 잘 알지만,
그래도 어쩐지 미안해서 뭐라도 하려고 하면,
"넌 그냥 누워 있어!"

하지만 내가 할 수 있는 일도 딱 하나 있었다.
수박 썰기.

커다란 수박이 올려진 도마 앞에 서자,
저 뒤에서 남자 선배가 말했다.
"여보, 왜 처제 일 시켜요."
그러자 여자 선배가 답했다.
"수박은, 세형이가 전문가야."

"아, 우린 또 전문가는 인정이지."

그래서 나는 즐겁게, 수박을 썰었다.

굉장히 별거 아닌 것 같지만,

그래서 나는 이들과 만나는 게 좋은가 보다.

'나도 수박 잘 썰어. 내가 더 잘 썰어.'

아무도 그러지 않았다.

너는 수박을 잘 썰고, 나는 라면을 잘 끓이지.

각자 잘하는 일은, 서로 믿어주고 인정했다.

한 사람이 모든 걸 다 잘할 필요는 없는데,

아니, 왜 이렇게 별거 아닌 일까지도 다 이기고 싶어 하는 걸까?

그런 생각은 하지 않아도 됐다.

너는 설거지를 잘하고, 나는 운전을 잘하지.

'왜 맨날 나만 설거지야? 왜 너만 운전해?'

각자의 역할을 시샘하거나 억울해하지도 않았다.

언제나 나는 피해자고,

언제나 너의 자리가 내 자리보다 좋아 보이는 걸까.

아니, 왜 이렇게 작은 것 하나까지도 억울해할까?

그런 생각 또한 하지 않아도 됐다.

어쩌면 나는,

모두가 이기려 하고, 모두가 억울해하는,

그런 도시에서의 삶에 조금 지쳐 있었는지도 모르겠다.

"수박은 세형이가 전문가야."

수박을 썰고, 설거지 1회권을 획득했다.

"맞다, 너 설거지 좋아하지. 그래, 네가 해."

그래서 또 나는 즐겁게 설거지를 했다.

참 별것도 아닌 것 같지만,

내가 잘하는 일을, 내가 좋아하는 일을,

그저 선선히 인정받은 것만으로도 어쩐지 신이 나서,

나도 모르게 콧노래를 흥얼거리며

즐겁게 설거지를 했다.

생존 본능

　나는 물을 많이 마신다. 상당히 많이 마신다. 적게는 하루에 5리터, 많게는 7리터에서 8리터쯤 마시는 것 같다. 나를 잘 아는 친구들은, 내가 그들의 집을 방문하면 내 앞에 2리터짜리 생수병 두 개를 놓아준다. 방문 시간이 길어지면, 그보다 더 많은 생수병을 비우기도 한다. 일부러 노력해서 많이 마시는 건 아니다. 어렸을 때부터 그랬다. 밥을 먹다가도 물이 떨어지면 숟가락을 놓았다. 밥 먹을 때 물 마시는 습관은

안 좋다고들 하는데, 나의 위는 깨끗하고 오히려 물 없이 식사를 하면 체한다. 엠티를 가거나 덜 친한 사람들과 여행을 가서 물을 좀 부족하게 마셨다 싶으면, 다음 날 손바닥부터 푸석푸석, 온몸이 갈라지는 느낌이 든다. 뭐랄까. 콧구멍, 식도, 성대, 모든 구멍들이 너무 건조해서 착 달라붙는 느낌이랄까. 코가 헐고, 음식물을 삼키기도 목소리를 내기도 힘들어진다. 바짝 말라버린 화분에 물을 주듯, 천천히 계속 물을 마셔야 한다.

너무 예뻐서 들인 식물이 하나 있었는데, 뒤늦게 습도에 무지하게 예민한 아이였다는 걸 알고, 화분을 가습기 옆으로 옮기고 습도계를 샀다. 무척 건조한 겨울이었는데, 내가 가습기 옆으로 다가가면 습도가 42, 41, 40, 39 계속해서 떨어졌다. 가습기 옆에서 벗어나 다른 공간에서 일을 보다 돌아오면 어느덧 습도계가 49, 50까지 올라가 있는데, 내가 또 옆으로 다가가면 48, 47, 46…. 그게 너무 웃겨서 동영상을 찍어 단체 채팅방에 올렸더니, 웃음이 터진 닌자가 말했다. "습기란 습기는 네 몸이 다 먹어버리는구나. 물에서 살았어야 하는 애가 두 발 달고 태어나서 고생한다." 끊임없이 물을 마시고, 수영도 좋아하고 목욕도 좋아하고, 건조한 가을보다 습도 80이 넘는 장마철에 더 건강한 나는, 정말 물에서 살았어야 하는 애인가, 잠시 생각해본다.

나는 아직까지, 물론 나의 인간관계가 협소해서 그럴 수도 있겠지만, 나보다 물을 많이 마시는 사람을 본 적이 없다. 그런데, 건강 검진 결과를 받고 나서 빵 터졌다. 체내 수분량, 세포 외 수분도 세포 내 수분도 현격히 모자라서 물을 많이 마시라고 했다. "평소에 물을 많이 안 드시나 봐요? 일부러라도 많이 드셔야 합니다. 2리터짜리 물병을 사서서, 체크해가며 적어도 하루에 2리터 이상은 마셔야 해요." 진지한 표정의 의사 선생님에게 차마 할 수 없었던 말. '선생님, 저는 이미 2리터짜리 생수병을 하루에 세 개쯤 비우는데요.'

건강 검진을 할 때마다 깨닫는 건, 내가 의식해서 하는 행동이 아니었는데도, 내 몸은 알아서 자신에게 필요한 것들을 요구하고 있었다는 거다. 내가 남들보다 많이 먹는 건 딱 세 가지, 물, 과일(특히 수박), 고기인데, 병원에선 딱 그 세 가지를 꼽으며 많이 먹으라고 했다. 심지어 이런 얘기도 들어봤다. "혹시 채식하세요? 고기를 좀 드셔야 할 것 같은데…." 나만큼이나 고기를 좋아하는 닌자는 "마흔 넘어서 채소 그만 먹고, 고기 많이 먹으라는 말 듣는 게 말이 되냐?" 이렇게 억울해하곤 하는데, 나 역시 좀 곤란하다. '아니, 이보다 얼마나 더 많이 먹어야 합니까?' 하지만 한편으론 이런 생각도 든다.

'다 필요해서 많이 먹었구나.'

남들보다 덜 튼튼하게 태어났으니, 내 몸은 알아서 제 살길 찾아 자신에게 필요한 것들을 끊임없이 요구했던 게 아닐까. 생존 본능처럼.

언젠가부터 집 안에 화분이 많아졌다. 상당히 많아졌다. 처음 독립했을 때도 나는 제일 먼저 화분을 샀고, 그 후 조금씩 조금씩 집을 넓혀 이사를 다니는 동안 꾸준히 화분의 숫자를 늘려오긴 했다. 그러니까 나는 원래 식물을 좋아하는 사람이긴 했다. 그런데 지금 살고 있는 집으로 이사를 온 후 어느 날 정신을 차려보니, 나는 정말 굉장히 많은 화분들과 함께 살고 있었다. 사실 나는 집을 좁혀서 이사를 한 건 이번이 처음이었고, 그래서 이사 오기 전 굉장히 많은 살림살이를 처분했다. 책도 절반 이상 팔거나 버렸고, 옷장도 한번 뒤집었고, 이런저런 잡동사니에 크고 작은 가구들과 전자제품들까지도 정리했다. 그리고 이제, 가능한 한 살림을 늘리지 않겠다 결심했던 것 같은데….

그 시작은, 동글동글 말리는 이파리가 너무 귀여운 '바로크 벤자민'이었다. 자주 놀러 가는 친구네 집에서 처음 보고 단번에 반해버렸지만, 두 달 가까이 참았다. '아니야, 아니야. 내가 지금 뭘 더 살 때가 아니야. 놓을 데도 없어.' 하지만 매번 그 앞에 서서 한참을 바라봤다. 그 모습을 보다 못한 친구가 "그냥 사! 얼마 하지도 않아!!" 윽박을 지르고 나서야, 양재동에서 식물판매업을 하는 지인 언니에게 슬쩍 물어나 보자 했던 건데…. 마침 언니네 가게에 그 아이가 있었고, 언니는 그 아이와 함께 '세형 씨가 좋아할 것 같다'는 다른 식물을 보여줬고, 배송비도 있으니 그냥 두 개 살까 그 아이들을 들였고, 들이고 나니 놓을 데가 없어서 테이블을 샀고, 테이블 한쪽이 좀 허전한 것 같아서 다른 아이들을 더 들였고, 애들 물주기나 습성에 대한 정보를 찾느라 인터넷 서칭을 하다 보니 더 예쁜 애들이 자꾸 눈에 들어오고, 그래서 '한 개만 더, 이게 마지막…. 한 개만 더, 이게 정말 마지막….' 하다 보니….

　시작이 어려웠을 뿐이었다. 식물 쪽에 본격적으로 관심을 갖기 시작하자, 내 주위에도 식물 덕후 지인들이 꽤 있다는 걸 알게 됐다. 그들과 정보를 주고받고, 구하기 힘든 식물을 판다는 농원에도 함께 가게 되고, 서로 가지고 있는 식물들을 물꽂이나 삽목으로 나눔도 하게 되고, 아이들은 끝도 없이 늘어났다. 어느 날 정신을 차려보니, 볕이 들어오는 모든 창 앞에는 식물들이 가득했고, 빨래는 이제 어디 널어야 하나 볕이 가장 좋은 베란다에도 식물들이 가득하고, 매일매일 나는 분갈이를 하고 잎사귀를 닦고 있고, 애들 물주기도 제각각이라 스케줄표엔 아이들 이름이 가득하고, 그렇게 전력을 다해 키우다 보니 애들은 또 쑥쑥 자라 가지치기를 할 때마다 물꽂이나 삽목으로 또다시 늘어나는 아이들…. 그렇게 정신없는 몇 달이 지나고 난 후, 오랜만에 우리집에 놀러 온 닌자가 말했다. "야, 이 정도 되면 너 이제 이걸로 돈 벌어야 하는 거 아니냐? 너 하루 일과가 농부나 다름없어."

그즈음 지인이 책 한 권을 빌려줬다. 아는 후배가 책을 냈는데, 모니터 겸 한번 봐달라는 거였다. 그 책은 디어클라우드의 이랑 씨가 쓴 《아무튼, 식물》이라는 책이었는데, 책을 읽는 내내 몇 번이나 울컥했다. 마지막 책장을 덮으며, 어쩐지 참 다행이고 고맙다는 생각을 했다. 그녀가 이 책을 써서 너무 다행이고, 내가 이 책을 읽을 수 있게 해주어서 무척 고맙다는 생각. 나는 바로 책을 주문했고, 지인에게 빌린 책은 반납하고, 다시 우리집에 온 그 책을 두 번 더 읽었다. 몇 번이나 울컥했던 내 마음을, 이해해보고 싶어서였다.

> 위험한 시기에 좋은 친구들을 만났다. 아주 운이 좋았다. 이제 와 곰곰이 생각해보면 그때의 식물에 대한 애정은 위험한 날들로부터 빠져나가기 위해 붙잡은 지푸라기 같은 존재였던 것 같다. 정말로 운이 좋았다. 그렇지만 다시 그때로 돌아간다면 식물을 키우는 동시에 병원에도 갈 것이다. ─《아무튼, 식물》중에서

"야, 이 정도 되면 너 이제 이걸로 돈 벌어야 하는 거 아니냐?" 닌자가 나에게 했던 말. 그 뒤에는 '글은 언제 쓸 거니?'가 이어지고 있다는 걸, 나 또한 모르지 않았다. 이사를 온

후, 나 역시 더 이상 미룰 수 없다는 걸 알고 있었다. 이사 오기 전 써두었던 글들을 다시 꺼내 보았을 때, 나조차도 끝까지 읽을 수 없었다. 너무, 우울해서였다. 같은 글을 열세 번쯤 다시 썼다. 하지만 다음 날 아침 일어나 읽어보면, 여전히 맘에 들지 않았고 여전히 우울했다. 글쓴이의 마음은 어떤 형식으로든 글 안에 스며들 수밖에 없는 걸까. 그 시기에 나는 아무것도 하고 싶지 않았다. 정말 가까운 몇몇 친구를 제외하곤 아무도 만나지 않았고, 그런 만남에서도 괜찮은 척하는 게 힘겨웠다. 그래도 내일은 다시 몇 자라도 써보자 다짐하고 잠자리에 들지만, 눈을 떴을 때 입안에 통증이 느껴지면 모든 것이 또 한없이 귀찮아져 그냥 다시 잠을 청했다. 그렇게 한 달 가까이 먹고 자고만 반복한 적도 있었다. 그러고 나면 또 나란 인간이, 세상 쓸모없는 사람인 것 같아 또다시 우울해졌다. 그때는 '나는 몸이 아프니까, 하루만 더 자자. 푹 자고 나면 내일은 좀 컨디션이 좋아지겠지.' 그렇게 스스로를 다독였던 것 같은데, 지금 생각해보면 그때의 나는 몸보다도 마음이 아팠던 것 같다.

나도 모르게 자꾸 지갑을 열어 새로운 아이들을 들이고, 흙과 비료에 대해 공부하고, 잎사귀를 닦고 가지를 치며, 새벽녘 잠에서 깨면 베란다에 나가 플래시를 켜고 이제 막 씨앗에서 발아한 어린잎을 한참이나 바라보는…. 이랑 씨의 책에는 내가 지난 몇 달 동안 반복했던 행동들이 고스란히 적혀 있었다. 그렇게 식물들과 함께하며 조금씩 천천히 변해가는 내 마음의 모습 또한 잘 기록돼 있었다. 좀처럼 집 밖으로 나설 수 없었던 내가, 낯선 사람을 만나는 것도 버거웠던 내가, 새로운 식물 친구와 함께 농원에 가고 있었다. 썼다 지웠다를 반복하며 몇 달 동안 제자리에서만 뱅뱅거리던 글. 잎사귀를 닦아주다 한 줄, 시간에 따라 움직이는 햇빛 길을 따라 화분을 옮겨주곤 또 한 줄, 그렇게 조금씩 다음 단락으로 넘어가고 있었다.

음악하는 사람으로 살면서 차곡차곡 쌓인 독을 풀어 없애려고 삶에 식물을 들였다는 이랑 씨는, "내가 애정을 쏟는 만큼 정직하게 자라나는, 그 건강한 방식이 나를 기쁘게 만든다"고 말했다. "그들에게 내가 꼭 필요하다는 기분이 소중하다"고 말했다.

어쩌면 같은 얘기일 수도 있고, 어쩌면 조금 다른 얘기일지도 모르겠다. 그 시기의 나는, 어쩌면 지금의 나 또한, 그 반대 위치에 서 있다. 그들에게 내가 꼭 필요하다는 기분보다는, 나에게 그들이 꼭 필요하다는 기분. 생존 본능처럼 나는, 식물을 발견하곤 냉큼 그들의 손을 잡았다. 어떻게든 살아보려고.

부러 노력해서도 아니고, 뭘 알아서도 아니었다.
나는 그저 '필요해서' 물을 마셨다.
덜 아프려고, 어떻게든 살아보려고,
말라버린 내 몸에 조금씩 천천히 계속 계속 물을 주었다.

그리고 나는 이제 수많은 식물들과 함께 살고 있다.
내가, 필요해서.

말라버린 내 마음에 조금씩 천천히 계속 계속 물을 주듯,
아침에 눈을 떠 오늘 스케줄표를 확인하고,
나는 또 식물들에게 물을 주러 간다.

이사를 오고 얼마 지나지 않아, 보일러 연통에 문제가 생겨 기사님이 방문하셨다. 기사님, 이라는 단어는 언제나 나보다 훨씬 나이가 많을 것 같은 '아저씨'의 모습을 떠올리게 하는데, 내가 늙은 걸까. 아니면 그저 나의 편견이었을지도 모르겠다. 이번에 방문하신 기사님은 많아야 이십 대 후반 혹은 삼십 대 초반으로 보이는 앳된 얼굴의 젊은 '청년'이었다. 뉴스에 자주 등장하는 고된 일을 하는 비정규직 청년 노동자의 모습을 현실에서 마주한 것 같아 어쩐지 기분이 묘했다. 작업이 끝나고 내가 몇 가지 확인 서명을 하는 동안, 청년은 우리집 부엌의 한쪽 벽을 멍하니 바라보고 있었다. 그러곤 나에게 물었다.

"고객님도 그림 좋아하세요?"

그림 보는 걸 좋아하는 편이어서, 여행을 가면 늘 현지 갤러리나 미술관에 들르곤 하는데, 그때마다 작은 엽서나 마그넷을 한두 개씩 사곤 했다. 그것들이 이제 제법 모여, 우리집 부엌 한쪽 벽을 채우고 있었던 거다.

"고객님도 그림 좋아하세요?"

"네? 아… 네."

"저도 그림 좋아하거든요."

그러면서 청년은 조금 쑥스러운 표정을 지었지만, 이내 순박한 웃음으로 돌아와 자신의 이야기를 조금 들려줬다.

"이 일을 하다 보니, 저도 모르게 스트레스를 많이 받았나 봐요." 왜 아니겠나, 싶었다. 모르는 사람의 집을 매일매일 방문해야 하는 직업이, 쉬울 리가 없을 테니까. 청년이 매일매일 열어야 하는 저 낯선 문 너머에 늘 좋은 사람, 아니 그저 무난한 나쁘지 않은 사람만 살고 있는 것도 아닐 테니까. 청년은 일을 할수록 자신이 점점 생기를 잃어가는 기분이 들었다고 했다. 그러다 우연히 그림을 배우기 시작했다고 했다. "그림 그리는 시간만큼은 참 좋더라고요. 아무 생각도 안 나고, 마음도 편해지고요." 그러곤 또 우리집 벽을 잠깐 바라보던 청년.

청년이 돌아가고 나서도 한참 동안, 쑥스러운 듯 순박하게 웃던 청년의 모습이 머릿속을 떠나지 않았다. 그러다 이내, 참 고맙다는 생각이 들었다. 청년이, 그림을 찾아낸 것이 참 기특하고 고마웠다. 우리에겐 모두 필요하니까. 고된 삶을 잠시 잊게 해줄 쉼표와도 같은 무언가가. 아무것도 아닌 것 같은 그 쉼표 하나가 또, 우리를 계속 살아갈 수 있게 해주니까, 버틸 수 있게 해주니까. 내가 식물을 찾아냈듯, 청년이 그림을 찾아낸 것이, 참 고마웠다.

도와달라는 말을
왜 안 해요?

'픽!' 하는 소리에 깜짝 놀라 잠에서 깼다. 점심 먹고 잠깐 소파에서 쉰다는 게, 스르르 잠이 들어버렸던 모양이다. '이게 무슨 소리지?' 처음엔 머리맡에 놓인 스탠드 전구가 터진 줄 알았다. 그 정도로 큰 소리였지만, 전구는 무사했다. 어쩐지 불안한 마음에, 온 집 안을 돌아다니며 소리의 정체를 파악하려 애썼다. 그러다 문득, 혹시?

서재로 달려가, 키보드를 두드리고 마우스를 움직여보고…. 아침에 작업하다가 '점심만 먹고 바로 다시 시작해야지….' 분명 컴퓨터를 끄지 않았던 것 같은데, 내가 혹시 껐나? 전원 버튼을 다시 눌러보고, 전원 코드를 뽑았다 다시 꽂아보고, 멀티탭도 바꿔보고, 벽에 있는 콘센트에 직접 컴퓨터 코드도 꽂아보고…. 현실을 받아들이기까지 30분쯤 걸렸던 것 같다.

'컴퓨터가 터졌구나….'

'아, 아, 아, 어떡하지. 아, 아, 아…….' 그렇게 또 어쩔 줄 몰라 하며 30분을 흘려보낸 다음 내가 처음 보인 반응은, 어이없게도, 대성통곡이었다. 나는 정말 컴퓨터 앞에 주저앉아 소리 내 꺼이꺼이 울었다. 그렇게 소리 내 울어본 건 한 20년 만인 것 같았다. (그것도 이십여 년 전 딱 한 번 있었다.) 감정선이 그다지 드라마틱한 편도 아니고, 목소리도 큰 편이 아니라서, 내 안에서 이런 소리가 날 수 있구나, 신기할 정도였다. 그렇게 한 시간쯤 울다 지쳐 멍하니 앉아 있는데, 친한 선배에게서 전화가 왔다. 울먹임이 남아 있는 나의 목소리에 당황해하는 선배에게 대충의 사정을 설명해야 했는데, 느닷없이 선배가 버럭 소리를 질렀다.

"그래서 너 울었니? 이게 지금 울 일이야!?"

아마도 선배 또한 이런 내 모습이 낯설어서 그랬던 것 같은데, 실은 나도 내가 낯설었다. 이게 지금, 울 일인가? 내가 아는 나는, 컴퓨터가 터졌다는 사실을 인지한 순간부터 바쁘게 수습 시스템으로 돌입했을 것 같다. 최소한의 피해로 이 사태를 해결할 방법을 최대한 신속하게 알아봤을 것 같다. 그러느라 바빠서 울 시간도 없었을 것이다. 실은, '울면 뭐 해. 운다고 터진 컴퓨터가 다시 말짱해질 리도 없고, 어차피 내가 해결해야 할 일인데, 빨리 수습하자.' 나의 뇌 구조는 그쪽에 더 가깝다. 하지만 나는 울었다. 그것도 소리 내 꺼이꺼이.

내 마음이, 이렇게 약해져 있었구나.
나 역시 조금 놀랐다.

최근 몇 년은 나에게 좀, 아니 어쩌면 조금 많이, 힘든 시간이었다. 내 맘처럼 안 되는 일이 참 많이도 일어났다. 병명은 모른 채 통증은 심해져만 갔고, 가족들의 건강에도 문제가 생겼고, 책은 더 이상 팔리지 않았고, 사기라는 것도 당해봤고, 믿었던 친구에게 큰 상처를 받기도 했으며, 소중한 사람을 잃기도 했다. 이상한 집주인을 만나 꽤나 힘겹게 이사도 해야 했고, 새로운 일들 또한 번번이 엎어져 경제적으로도 힘들어졌다. 프리랜서의 삶은 내가 그 일에 얼마의 시간을 투자했든 중도에 일이 엎어지거나 성과물이 좋은 결과를 낳지 못하면 아무것도 얻을 수 없으니까.

하나하나의 사건으로 분리해서 보면, 누구나 살면서 한 번쯤 겪을 법한 일들이었다. 그전의 나 또한 몸이 아팠을 때도 있었고, 사람에게 상처받았던 적도 있었고, 경제적으로 힘들었던 적도 있었다. 하나하나 천천히 회복의 시간을 견디며 그래도 아슬아슬 잘 버텨올 수 있었다. 그런데 최근 몇 년은 좀 달랐다. 여기서 펑, 저기서 펑. 이쪽도 아직 해결이 안 됐는데, 저기서 또, 저기서 또. 끝도 없이 계속되는 사건 사고에 때때로 정신이 아득해지곤 했다. 어떻게 손쓸 시간도 없이 우르르 쓰러져가는 도미노를 바라보듯 이따금 마음이 그냥 멈춰버리곤 했다. 그 소용돌이 한가운데에서 살고 있을 때는, 좋은 일까지는 바라지도 않고 그냥 단 하루라도 안 좋은 일 없이, 안 좋은 소식 없이, 통증 없이, 그저 아무 일도 일어나지 않는 평온한 오늘이 있기를 바랐던 것 같다. 하지만 한편으론 이런 생각도 들었다.

'나는 그동안, 운이 참 좋았구나.'

나라는 인간이 도움을 받는 데 익숙하지 않다는 사실을 깨달으면서부터였다. 누군가와 밥을 먹어도 내가 계산을 하는 게 마음이 편했다. 내 이야기를 하는 것보단 들어주는 쪽이 편했고, 배려받는 것보단 배려하는 쪽이 편했다. 가까운 누군가가 곤란한 상황에 빠지면 부탁받지 않아도 내가 먼저 손을 내미는 데는 익숙해도, 내 문제에 있어서는 가능한 한 내 힘으로 혼자 해결하려 노력했다. 누군가에게 무언가를 부탁하는 일이, 나에겐 참 어려운 일이었다. 그런데 지금에 와 생각해보면, 그나마 나는 운이 좋은 삶을 살아왔던 게 아닌가 싶다. 아슬아슬이라 할지라도, 어쨌든 내 깜냥으로 혼자 버텨낼 수 있는 삶을 살아왔던 거니까.

내가 아무리 노력하고 애를 써도 극복할 수 없는 문제들이, 그것도 연달아 우르르 몰아치자 나는 한없이 작아졌고 무력해졌다. 혹시 내가 가진 운은 그동안 다 써버렸고, 이제는 견뎌야 할 날들만 남아 있는 건 아닐까. 산다는 것이 한없이 귀찮아지기도 했다. 그즈음 그런 나를 어색해하며 멀어져가는 사람들도 있었지만, 더 내게로 바짝 다가와 손을 내밀어주는 사람들도 있었다. 그런데 나는 도움을 받는 것에도 우울감을 느꼈다. 내가 도움을 주는 쪽이 아닌, 도움을 받는 쪽에 있다는 것이 어쩐지 미안했다. '네가 왜 미안해? 미안하다는 말 좀 그만해.' 이런 질책을 받으면서도, 나는 그게 또 미안해서 또다시 '미안해'를 중얼거리고 있었다.

꽤 긴 시간이 걸렸던 것 같다. 이사를 하고, 식물들을 들이고, 최악의 상황에서도 내 곁을 떠나지 않았던 고마운 사람들에게 조금이라도 덜 미안해하기 위해, 나는 다시 일어나 보려 애를 쓰기 시작했다. 다시 책상 앞으로 돌아와 글도 쓰기 시작했다. 조금씩 속도가 붙기 시작하자, 자려고 누웠다가도 다음 문장을 쓰기 위해 다시 일어나 컴퓨터 앞에 앉았다. 밥을 먹으면서도 머릿속으로 수없이 썼다 지웠다를 반복했다. 어쩐지 글을 쓰는 게 다시 조금 즐거워지려고까지 했던 것 같다. 그런데 그때, '픽!' 컴퓨터가 터진 거였다.

속도가 붙기 시작한 후 두 달 동안 한 번도 백업을 하지 않았다는 사실이 제일 먼저 떠올랐다. 어렵게 다시 마음을 잡고 글을 쓰기 시작했기에, 글이 조금 모인 다음에 보여주려고 출판사는 물론 아무에게도 글을 보여주지 않았다. 그러니 메일함에도 없을 것이다, 라는 사실까지 떠오르자 나는 그대로 주저앉게 됐던 것 같다. 그리고 꺼이꺼이. 어쩌면 그동안 쌓여왔던 마음의 짐들이 한꺼번에 쏟아져 나온 걸지도 모르겠다. 어떻게든 애를 써 일어나 보려 할 때마다, 누군가 자꾸 내 어깨를 다시 짓눌러 주저앉히는 것 같은 기분으로 살아온 몇 년이었는데, 어쩐지 마지막 힘을 쥐어짜 다시 일어나 보려 하는 나에게 '이래도? 이래도 네가 견딜 수 있어?' 누군가 놀리듯 나를 또 주저앉히는 것 같은 기분이 들었다. 그러니,

"너 울었니? 이게 지금 울 일이야!?"

질책하듯 소리를 지르는 선배의 말에 어쩐지 더 서러워져 홀쩍홀쩍 중얼중얼, 정신을 못 차렸던 것 같다. '아니, 백업도 안 해놨고… 메일로 보내놓은 것도 없고… 지금은 새로 살 수도 없고… 무거워서 내가 들고 센터에 갈 수도 없고….' 중얼중얼 한참 변명을 늘어놓는데, 선배가 일단 끊어보라고 했다. 그리고 30분쯤 후 다시 전화가 왔다. "내가 좀 알아봤는데, 잘 들어. 내일 아침 11시에 나랑 ○○이랑 너희 집으로 갈 거야. 너는 그때까지…." 그렇게 선배는 내가 할 일들을 알려주곤 전화를 끊었다. 그리고 정말 다음 날 아침 11시에 두 선배는 우리집에 왔고, 성인 남성도 혼자 들기엔 버거운 내 아이맥을 박스에 포장해서 서비스센터까지 나와 함께 데려다주었다. "우리는 다 계획이 있어. 픽업하는 날에는…." 그리고 2주 후, 내 책상에는 그동안 무슨 일이 있었나 싶게 다시 데스크톱이 올려져 있었다. 픽업하는 날, 선배는 그날의 픽업 동선을 설명해주며 다시 한 번 말했다. "우린 다 계획이 있어. 짱이지?" 그리고 덧붙이길,

"그러니까 이제 사는 거 귀찮다는 말, 하지 마. 너를 아끼는 사람들이 속상하잖아."

미안하다는 말이 목 끝까지 차올랐지만, 꾹 참았다. 이제는 나도 안다. 이럴 땐 미안하다고 하는 게 아니라, '고맙다'라고 해야 한다는 걸. 나는 그동안 내가 혼자 해결할 수 있는 문제들만 있는 '운이 좋은 삶'을 살았다고 생각했다. 하지만 돌아보면, 그 시절에도 나는 꾸역꾸역 멀리멀리 돌아 어떻게든 혼자 살아보려 어리석을 만큼 지나치게 애를 썼던 것 같다. 도와달라고 말했으면 됐을 텐데, 그럼 조금 더 가볍게 살아왔을 수 있었을 텐데, 그랬다면 지금의 슬럼프와 위기를 극복해낼 힘도 조금 더 비축해놓았을 수 있었을 텐데….

언젠가 후배와 함께 여행을 갔을 때였다. 배낭에서 무언가를 꺼내야 해서, 나는 배낭을 앞쪽으로 돌려서 한쪽 무릎을 세워 그 위에 받친 채 무언가를 꺼내려 낑낑거리고 있었다. 뒤에서 그런 내 모습을 후배가 한참 바라보고 있었던 모양이었다. 후배는 다가와 내 배낭을 살짝 잡아주며 무척 답답하다는 듯, 이렇게 말했다.

"근데 언니는, 왜 도와달라는 말을 안 해요?"

예상치 못한 상황에 말문이 막힌 나를 보며, 후배가 다시 말했다. "언니, 그거 되게 이기적인 거예요. 언니가 도와달라고 해야, 나도 도와달라고 할 때 마음이 편하죠."

그게 몇 년 전 일인데, 어느새 나는 또 그걸 잊고 혼자 낑낑거리며 살아왔나 보다. 그러다 지쳐 나도 모르게 '사는 게 귀찮다'는 말을 해왔고, 그게 도리어 나를 아껴주는 사람들을 불편하게 해왔나 보다.

어쩌면 누구에게나 그런 순간은 찾아올지도 모른다. 내가 아무리 노력해도, 자꾸만 뒤로 가고 있다는 기분이 들 때. 내가 아무리 애를 써도, 삶이 자꾸만 나를 밀어내는 것 같은 기분이 들 때. 작은 희망조차도 품는 게 두려워지고, 내게 더 이상 버틸 힘조차 남아 있지 않을까 봐 한없이 무력해지기만 할 때. 그래서 밥을 먹었는데 또 얼마 후 배가 고프다는 게, 자고 일어났는데 또 막막한 하루가 시작된다는 게, 사소한 하나하나의 일상이 모두 숙제처럼만 느껴져 산다는 것이 그저 귀찮고 버겁게만 느껴질 때. 어쩌면 지금의 나 또한, 그 버거움의 굴레에서 아직 벗어나지 못한 상태일지도 모른다. 하지만 어쩐지, 아슬아슬 이제 곧 꺼져버릴 것만 같았던 배터리가 띵, 하고 한 칸이 채워진 기분이 든다. 아직 빨간 불이긴 하지만, 그래도 계속 까먹기만 하고 있던 배터리가 이젠 조금씩 충전도 되고 있는 기분이 든다. 도움을, 받았기 때문이다.

도움을 받는 데, 조금 더 익숙한 사람이 되고 싶다.

도와달라는 말을,
조금 더 쉽게 할 수 있는 사람이 되고 싶다.
미안하다는 말보다는,
고맙다는 말을 잘하는 사람이 되고 싶다.

그렇게 받은 도움으로,
조금 더 밝은 사람이 되고 싶고,
조금 더 마음이 튼튼한 사람이 되고 싶다.

그럼 누군가 내게 도움을 청할 때도, 조금 더 가벼운 마음으로 쉽게 손을 내밀 수 있지 않을까. 아슬아슬 버거운 삶을 견뎌내고 있는 누군가에게, 나 또한 작은 힘이 되어줄 수 있지 않을까. 그럴 수 있기를 희망해본다. 그렇게 서로가 힘이 되어, 너와 내가 모두, 조금 더 가벼운 삶을 살아갈 수 있기를, 희망해본다.

낯가림이 심한 편이라, 모르는 번호의 전화도 거의 받질 않는다. 그런데 그 전화는 어쩐지 받아야만 할 것 같았다. 모르는 번호였지만, 내 아이맥의 생사 여부가 달린 전화라는 느낌이 강하게 왔기 때문이었다. "마더 보드가 나갔으면 데이터를 살리긴 어렵구요, 전원 보드만 나갔으면 데이터를 복구할 수 있어요." 2주 전 서비스센터에서 들었던 말. 어쩐지 그 결과를 알려줄 전화 같았다.

"여보세요?"

"여보…세요? 안녕하세요…. 여기… ○○○ 서비스센터…인데요. 혹시… 강세형…고객님이신가요?"

말줄임표가 잔뜩 들어가 있는 듯 힘이 하나도 없어, 어쩐지 슬프게까지 들리는 상대방의 목소리에 내 마음이 철렁했다. '아, 내 컴퓨터가 끝났나 보다.' 절로 그런 생각이 들었다. 그런데, 아니었다. 전원 보드만 나갔기 때문에, 하드는 무사해서 데이터를 모두 복구했다는 너무나 기쁜 소식이었다. 원인은, 본체 뒤쪽 바람이 빠져나가는 구멍으로 아주 작은 이물질이 들어갔기 때문이었다.

아마도, 날파리 같은 작은 벌레 같다고 했다. 그 작은 구멍으로 날파리가 들어갈 확률이 얼마나 될까를 잠시 생각하다, '근데 이 청년은 이 기쁜 소식을 왜 이렇게 슬픈 목소리로 전하는 거지? 괜히 철렁했잖아. 반전 있는 청년이네.' 싶었다. 그런데 그렇게 전화를 끊고 나니, 어쩐지 다시 조금 미안해졌다. 기운 하나 없는 슬픈 목소리가 누군가의 마음을 이렇게 철렁하게 할 수 있구나, 생각하니 어쩐지 내 주변 사람들에게 미안해졌다.

언젠가 지인들과 식사를 하다가 "너무 맛있다…" 혼잣말 아닌 혼잣말을 중얼거린 적이 있는데, 옆에 있던 선배가 갑자기 버럭. "야! 맛있으면 좀 밝게 말해!" 그러자 다른 일행들도 웃음을 터트리며 거들었다. "그러니까, 맛없다는 얘긴 줄 알았잖아. 목소리가 왜 이렇게 슬퍼!"

비슷한 에피소드들이 연달아 떠올라, 일부러라도 좀 밝은 목소리로 말하는 걸 연습해야겠다 다짐하며 "그래서 나 반성했잖아." 이 소식을 단체방에 전했는데, 닌자가 말했다. "그래! 너 특히 오전에 전화하면 나 너무 무섭잖아." 언젠가 급하게 물어볼 게 있어서 오전 시간에 닌자에게 전화를 걸었는데, 닌자는 전화를 받자마자 너무 놀란 목소리로 "왜!? 무슨 일이야!?" 소리를 질렀고, 나는 나도 모르게 이렇게 말했다. "아니야, 아니야, 그런 거 아니야."

생각해보니 나는 아주 가까운 친구들에게도 먼저 전화하는 일이 거의 없었다. 물어볼 것이 있어도 가능하면 문자로 했고, 꼭 통화를 해야 할 때도 (상대방이 전화받기 곤란한 상황일 수도 있으니) 문자를 보내, 지금 통화가 가능한지를 먼저 체크했다. 그러니 내가 먼저 전화를 하면 사람들이 놀라는 거구나…. 심지어 평소라면 분명 자고 있을 오전 시간에 내가 먼저 전화를 했으니 닌자가 그렇게 놀랐던 거구나…. 또 하나의 반성이 추가됐다. 전화도 좀 먼저 하면서 살아야겠다. 물론, 연습해놓은 밝은 목소리로! 마흔이 넘어도 반성해야 할 일이 자꾸자꾸 생겨난다는 것이 좋은 일인지 나쁜 일인지는 모르겠지만 말이다.

외톨이들의
특징

"수많은 빌을 만나 왔지. 모두 좋은 사람들이었단다. 넌 뭘 잘하지?"

"없는데요."

"사람들을 잘 관찰하지?"

"······."

"그건, 우리 외톨이들의 특징이란다. 넌 반에서 가장 관찰력이 좋은 녀석일 거야."

— 영화 〈팅커 테일러 솔저 스파이〉 중에서

나만큼이나 체력이 약하고 예민하고 자주 아픈 지인이 있다. 꽤 오래전에 함께 일했던 적이 있는 지인인데, 그 시절 그녀가 했던 말 중에 지금까지도 기억나는 말이 하나 있다. 여행을 가면 꼭 동화책을 사 온다는 거였다. 언젠가 태어날 아이를 위해. 오래전 스치듯 한 얘기인데도, 나는 그 말이 꽤 인상적이었나 보다. 지금까지도 SNS에 그녀의 여행 사진이 올라오면, 문득 궁금해지곤 했다. 이번 여행에서도 동화책을 사 왔을까?

오랜만에 그녀를 만났다. 우리는 여전히 예민하고 약한 사람들이라서, 만나자마자 각자의 병원 순례기를 읊어대느라 바빴다. 또한 우리는 둘 다 아직 미혼이었다. 그 자리에 있던 다른 사람이 우리에게 물었다. "그래도 아이는 낳고 싶지 않아?" 사람들은 왜 항상 그런 게 궁금한지 모르겠다. '결혼 안 해? 그래도 아이는 하나 있어야지. 안 외로워? 고양이라도 키우지?' 그런 질문을 받을 때마다 나는 농담 반 진담 반, 이렇게 답을 하곤 한다. "저 하나 키우기에도 벅차서요." 이번에도 나는 그렇게 대충 때우듯 답을 했지만, 그녀가 어떻게 답할지는 궁금했다. 나와는 달리, 이십 대 때부터 여행을 갈 때마다 동화책을 사 오던 그녀였으니까.

"글쎄요. 요즘은 내 유전자를 남긴다는 게 그다지 좋은 일이 아닌 것 같기도 해서요."

정작 질문을 던진 사람은, 내 대답이나 그녀의 대답이나 이게 무슨 뚱딴지같은 소리들인가 싶은 표정으로 고개를 갸웃거렸지만, 내 마음에는 순간 동요가 일었다. 그녀의 복잡한 생각들이 내 마음으로도 고스란히 전해졌기 때문이었다.

"그거 알아요? 대부분의 동물들은 다 예민한 애들이 일정 비율로 태어나는 거?"

나도 어느 책*에서 주워들은 얘기들을 떠들어대기 시작했다. 모든 종까지는 아니더라도, 생쥐, 고양이, 개, 말, 원숭이, 사람 같은 고등 동물들에게서 실제로 발견되는 특질이었다.

----

* 타인보다 더 민감한 사람 일레인 N. 아론 지음 | 노혜숙 옮김 | 웅진지식하우스, 2011

같은 종 내에서, 자극에 매우 민감한 아이들이 15~20퍼센트 정도의 비율로 태어난다는 것. 그 책에선 그것이, 그 종이 '살아남는 데' 도움이 되기 때문이라고 설명하고 있었다. 민감하다는 것은 우리의 몸이 더 많은 자극을 인지한다는 얘기라 쉽게 지쳐버린다는 단점이 있지만, 분명한 장점 또한 있었다. 작은 변화에도 민감하기에 위험 신호를 더 빨리 알아차릴 수 있다는 것. 또한 다른 동물들은 찾지 못하는 피신처나 사냥 방법도 그 민감함으로 발견해낼 수 있다는 거였다. 아마도 나는 그녀에게, 이런 말을 하고 싶었나 보다.

그러니까 우리처럼 예민하기만 하고 쉽게 지쳐버리는,
세상 쓸모없어 보이는 약한 애들도,
분명 어딘가에 쓸모가 있어서 태어난 걸 거예요.

그리고 그건 어쩌면, 내 자신을 다독이기 위해 끊임없이 되뇌는 나의 주문 같은 거였을지도 모르겠다. 남들보다 약해서 늘 누워만 지내던, 남들보다 느려서 늘 뒤처져 걷던, 남들보다 예민해서 어디서나 조금 겉돌기만 하던 아이였으니까, 나 또한.

어쩌면 조금 다른 얘기일지도 모르지만, 감자 때문에 인구가 절반으로 줄어버린 아일랜드 대기근의 비극은, 효율성 때문에 여러 가지 품종이 아닌 단 하나의 품종으로 감자 생산을 통일했기 때문에 일어난 일이었다. 그 품종에 취약한 병이 돌기 시작하자, 아일랜드의 감자는 그야말로 씨가 말라버리게 된 거였다. 개체의 다양성을 확보하는 것이 얼마나 중요한가를 설명할 때마다 등장하는 이야기.

나는 가끔, 남들보다 많이 자고 많이 먹고 잘 쉬어야, 그나마 저 뒤에서 꼴찌로라도 그들의 행렬에 따라갈 수 있는 내가, 너무너무 효율성 떨어지는 사람으로 느껴질 때가 있다. 내 딴에는 이렇게 애를 쓰는데도, 오래달리기에서 운동장 한 바퀴는 뒤처진 아이가 된 것 같아, 이제 그만 주저앉아 버리고 싶을 때도 있다. 그럴 때면 나는 또, 나에게 필요한 이야기들을 주워 모은다.

"넌 뭘 잘하지?"

"없는데요."

"사람들을 잘 관찰하지?"

"……."

"그건, 우리 외톨이들의 특징이란다. 넌 반에서 가장 관찰력이 좋은 녀석일 거야."

남들보다 예민해서 자주 아프고 자주 외로워지지만, 그래서 또 나는 나를 위해 그나마 내가 잘할 수 있는 일을 찾는다. 나에게 필요한 말들을 주워 모으는 일, 그리고 또 어딘가에서 나만큼이나 예민해 불쑥불쑥 외로워지는 사람들에게 그 이야기를 전해주는 일.

우리도 분명,
어딘가에 다 쓸모가 있어서 태어난 아이들이랍니다.

나는 참 게으르고,
참 부지런하다

다른 지역에 사는 선배가 우리집에 며칠 묵게 됐다. 그 짧은 기간 동안 집에서의 내 생활 모습을 관찰한 선배는 돌아가는 길 이런 말을 남겼다.

"세형아, 넌 내가 아는 게으른 애들 중에 제일 부지런한 것 같아."

이 소식을 전해 들은 닌자는, 격하게 공감했다. "그 선배, 내가 좀 만나봐야겠네. 통찰력 장난 아니시다?" 내가 생각해도, 선배의 그 말은 부정하기 어려웠다. 내가 생각해도 나는, 참 게으르고 참 부지런하다.

나는 기본적으로 집순이다. 현관문을 한 번도 열지 않는 날이, 그렇지 않은 날보다 많다. 그런데도 나는, 왜 이렇게 바쁜지 모르겠다. 심심하다거나 외롭다는 생각을 할 틈이 거의 없다. 언제나 해야 할 일들이 밀려 있고, 언제나 봐야 할 것들이 끝없이 생겨난다.

독립하고 첫 자취집을 얻었을 때, 우리집을 방문한 어떤 지인이 이런 말을 했다. "왜 바닥에 머리카락이 없어? 원래 자취방에는 구석에 먼지 굴러다니고 머리카락 뭉쳐 있고 그래야 하는 거 아니야?" 그때만 해도 아직 어렸으니까, 우리들 머릿속의 자취방은 대학 시절 우르르 몰려가 밤새 술 마시고 노는 아지트, 그러니 절대 깨끗할 수 없는 공간이었던 것 같다. 그때 우리집 바닥에 머리카락이 없었던 이유는, 매일 청소기를 돌렸기 때문이었다. 그리고 매일 청소기를 돌린 이유는, 부지런해서가 아니었다. 오히려, 귀찮아서였다. 걸레질이 너무 귀찮았다. 먼지가 쌓이고 눌리면 걸레질을 해야 하니까, 눌리기 전에 없애고 싶었달까. 샤워 후에 머리 말리고 나면, 떨어진 머리카락 제거 겸 청소기를 돌렸다. 워낙 작은 방 한 칸이어서, 머리카락 떨어진 부분만 돌리나, 방 전체를 돌리나, 그게 그거였기 때문에 가능한 일이기도 했다. 그런데 나는 그 후 세 번 더 이사를 했고, 집 크기도 매번 달라졌으며, 지금은 네 번째 집에서 살고 있는데, 우리집의 청결 상태는 언제나 비슷하다. (그렇다고, 모든 식기와 장식품이 반짝반짝하고 냉장고를 열면 모든 물건이 줄 맞춰 서 있는 것도 아닌, 그저 지저분하지 않은 정도일 뿐인데도,) 우리집을 방문한 모든 사람들이, 우리집의 청결 상태에 대해 의아해하는 걸 보고, 어느 날 나 또한 깨달았다.

아, 나는 굉장히 게을러 보이는 (집에선 아무것도 하지 않고 하루 종일 누워서 뒹굴거리기만 할 것 같은) 사람인가 보다.

그럴 수 있다. 일단 나는 모든 게 느리고 귀찮은 게 굉장히 많은 사람이기 때문에, 내가 집에서 빠릿빠릿 움직이며 청소하는 모습은, 쉬이 상상하기 어려울 수 있다. 그리고 일면, 그건 사실이기도 하다. 나는 집에서도 빠릿빠릿 움직이지 않는다. 느리게 느리게, 계속 움직이고 있을 뿐이다.

일어나면 일단, 창을 열고 환기를 하며 침대 정리를 한다. 누군가에게 칭찬받기 위해서도, 누군가에게 보여주기 위해서도 아니다. 오로지 나를 위해서다. 하루 일과를 마치고, 잘 정리된 침대 이불을 걷으며 그 안으로 쏙 들어가 발가락을 꼼지락거리며 넷플릭스나 왓챠를 보는 그 게으른 시간이, 너무 행복하기 때문이다. 내가 느리게 느리게, 조금씩 조금씩, 계속 움직이며, 게으른 애들 중에 제일 부지런하게 사는 이유는, 사실 그 하나다. 나를 달래기 위해서. 나를 우울하지 않게 하기 위해서. 내겐 너무 행복한 그 게으른 시간을, 죄책감 없이 만끽하기 위해서.

토요일을 포함하여 일주일에 6일 동안 회사에 나갔는데, 매일 아침 7시 45분에 아침을 먹고는 수수한 회색 양복에다 갈색 중절모자를 쓰고 접은 우산을 든 채 수수한 양복을 입은 똑같은 회사원들 틈에 끼어 8시 15분발 런던 행 기차에 올랐다. (…) 나는 기차를 타고 런

던의 사무실로 향하는 진지하면서도 점잖은 신사이며, 회사의 재정과 그 밖의 대단히 중요한 업무를 담당하는 비즈니스맨이라고 생각했다. (…) 나는 그런 생활을 즐겼다. 진정으로 즐겼다. 나는 정해진 시간과 월급, 그리고 독창적인 생각을 하지 않은 채 규칙적인 일상을 반복하는 것이 얼마나 단순한 삶인지 깨닫기 시작했다. 작가의 삶은 비즈니스맨의 그것과 비교한다면 확실히 지옥이다.

— 로알드 달의 《보이》 중에서

10년 전 나는 방송국을 그만뒀고, 전업 작가의 삶을 선택했다. 소속된 곳이 없는, 출근하지 않는 삶을 살게 된 거다. 마냥 좋겠다고 부럽다고 말하는 사람들도 있고, 그럼 하루 종일 대체 뭐하냐고 외롭거나 심심하지 않냐고 물어보는 사람들도 있다. 마냥 좋은 것 같을 때도 있었고, 한없이 우울할 때도 있었다. 아무 생각 없이 마냥 게으른 하루를 보내고 나면, 자괴감이 몰려왔다. 겨울을 대비하지 못한 게으른 베짱이가 된 것 같아, 불안함이 밀려왔다. 지나치게 불안하거나 우울해도, 글은 써지지 않았다. 꾸역꾸역 써나가도, 다음 날 읽어보면 더 큰 자괴감이 몰려올 뿐이었다. 나는 다행히 그다지 낙천적인 성격은 못 되어서 베짱이처럼 '어떻게든 되겠지.' 마냥 흥청

망청은 애초부터 불가능했다. 이런저런 우여곡절과 시행착오 끝에 내가 찾아낸 생존 방법은, 마냥 좋을 것 같음과 한없이 우울함 그 사이 어딘가에 내 마음이 머무를 수 있도록 노력하는 것이었다. 그래서 나는 나에게 숙제를 내주기 시작했다. 하루에 몇 줄 이상, 몇 장 이상, 글을 쓰라는 숙제가 아니었다.

아침에 일어나면 창을 열고 환기를 하며 침대를 정리한다. 주전부리로 때우는 것 말고, 적어도 두 끼 이상은 제대로 된 식사를 한다. 미루지 않고 적어도 하루에 한 번 이상은 설거지를 한다. 설거지와 화분에 물을 주면서 적어도 하루에 한 시간 이상은 뉴스를 듣는다. 오늘의 샤워는 내일로 미루지 않으며, 샤워 전엔 간단하게 화장실 청소를 한다. 30분 이상은 스트레칭이나 요가 등의 간단한 운동을 할 것. 생존점을 찍듯 적어도 한 명 이상의 외부인과 연락을 할 것. 이틀에 한 번은 물걸레가 장착된 로봇 청소기를 돌리고, 일주일에 한 번은 일반 청소기로 로봇 청소기가 닿지 않는 곳을 청소한다.

그 외에도, 이게 무슨 숙제이며 '나와의 약속'쯤이나 되냐고, 누군가에겐 핀잔을 들을 만큼, 나 스스로도 어디 가서 말하기 쑥스러울 만큼, 굉장히 사소하고 자질구레한 '나와의 약속'들이 참 많다. 그 약속들을 매일매일 미루지 않으며 삶의 리듬을 만드는 것. 그것은 더 이상 '출근하지 않는 삶'을 사는 나에겐 굉장히 중요한 일이었다.

작가는 자신에게 일을 하라고 자꾸만 강요해야 한다. 그리고 자신의 시간을 만들어야 한다. 작가에게는 책상에 가지 않는다고 뭐라고 말할 사람이 없다. 잔소리할 사람은 오직 자기 자신뿐이다. (…) 매일 새로운 날이 새로운 아이디어를 요구한다. 하지만 그는 새로운 아이디어를 생각해낼 수 있을지 어떨지 절대로 확신할 수 없다. (…) 작가는 망연자실한 상태로 작업실에서 걸어 나온다. 그는 마실 것을 원한다. 무언가 마셔야 한다. 그런데 이 세상에서 소설을 쓰는 거의 모든 작가들은 자신의 몸에 좋은 것보다 독한 위스키를 더 많이 마신다. 하지만 작가는 자신에게 신념, 희망, 그리고 용기를 불어넣기 위해서 그렇게 한다. 어리석은 사람이 작가가 된다.

다른 작가들은 어떨지 모르겠지만, 적어도 나는 전업 작가의 삶을 통해 이것 하나는 배운 것 같다. 저절로 써지는 글은 없다는 것. 다른 분야는 어떨지 모르겠지만, 적어도 글은

'신기'가 아니었다. 물론 영감은 찾아올 수 있다. 하지만 그 영감은 절대 저절로 글이 되진 않는다. 잠깐만 방심하면, 이내 스르르 사라져 버리는 것이 영감이니까. 그 영감을 붙들어 잡아 앉혀 글로 만드는 것은, 오로지 나만 할 수 있는 일, 내가 해야만 하는 일, 처음부터 끝까지 오롯이 내가 책임져야 하는 일이었다.

그래서 나는, 아침에 일어나면 창을 열고 환기를 시키며 침대 정리를 한다. 의식을 행하듯, 아주 사소하고 자질구레한 나와의 약속들을 굉장히 나른하고 게으르게, 하지만 미루지 않고 느릿느릿 하나씩 해결해간다. 그렇게 삶의 리듬을 만들어, 마냥 좋음과 한없이 우울함 그 사이 어딘가에 내 마음이 계속 머물 수 있도록 노력한다. 그 마음을 유지해, 한 글자 한 글자 느릿느릿 글을 쓰고 조급해하지 않으려 나를 다시 달랜다. 불행히도 나의 신체는 독한 위스키로 달랠 수 있는 아이가 아니어서, 신체가 무너지면 마음도 무너진다는 것을 몇 년간의 통증으로 너무 잘 알게 된 나는, 로알드 달의 위스키 대신 이 방법을 찾아낸 것이다. 리듬을 만드는 것.

이 리듬을 무사히 마친 날, 잘 정리돼 있는 침대로 향해 이불을 걷고 그 안으로 쏙 들어가 넷플릭스나 왓챠를 보는 시간은 나에게 큰 선물과도 같았다. 리듬이 뭉개지면, 이 시간을 오롯이 즐길 수 없다는 것을 누구보다 내가 잘 알고 있기 때문에 나는 또 다음 날 아침 눈을 뜨면, 창을 열고 환기를 하며 침대 정리를 할 것이다.

비즈니스맨의 삶과 비교해 작가의 삶은 지옥이라고 말한 로알드 달은, 어리석은 사람이 작가가 된다고 말했다. 그리고 덧붙이기를,

작가에게 주어지는 보상이 있다면, 그것은 절대적인 자유뿐이다. 그는 자신의 영혼 이외에는 복종을 강요하는 주인이 없다. 그가 작가인 이유는 바로 여기에 있다고 확신한다.

누군가는 나의 삶을 마냥 부럽다고 하고, 누군가는 어떻게 하루 종일 집에만 있냐고 외롭거나 심심하지 않냐고 말한다. 하지만 나는 마냥 좋지도 않고, 그렇다고 외롭거나 심심하지도 않다. 나는 참 게으르고, 동시에 참 부지런하기 때문

이다. 집에서도 나는 너무 바쁘기 때문이다. 물론 나도 가끔은, 자고 일어나면 내 머릿속 이야기들이 다 쓰여 있었으면 좋겠다는 생각을 한다. 그런 삶이 정말로 있다면, 나도 마냥 부러워할 수 있을 것만 같다. 하지만 그런 일은 절대로 일어나지 않는다. 절대적인 자유란, 컨트롤 타워가 없다는 게 아니다. 컨트롤 타워가, 내가 된다는 의미일 뿐. 그래서 나는, 끊임없이 나를 달랜다.

오늘의 성과물이 보잘것없고 성에 차지 않아도, 책상에서 일어나 퇴근을 하면, 또다시 퇴근 후 루틴을 반복한다. 아침 해가 좋은 쪽으로 화분 몇 개를 옮기고, 책상 앞 어지러운 자리를 정리하고, 가습기에 물을 채우고, 샤워를 하고, 잘 정리된 침대 이불을 걷고 그 안으로 쏙 들어가 발가락을 꼼지락거리며 TV를 켠다. 오늘 나의 글에 만족했든 만족하지 못했든, 오늘의 내가 미워진 건 아니니까 괜찮다, 괜찮다, 나를 달래며 잠을 청한다.

"정오쯤 글을 쓰면, 오후 세 시쯤에는 누군가 말해줬으면 좋겠어. 내가 과연 잘한 건지, 아니면 이번에도 그냥 시간만 흘려보낸 건지."

언젠가 친구가 했던 말. "그러게…." 나의 짧은 대답이 밤하늘의 공기 속으로 흩어지는 동안, 친구와 나는 서로 다른 곳을 보며 한참이나 더 멍을 때리다 헤어졌다. 누가 대신해줄 수 없는, 오로지 나 혼자 싸워야 하는, 각자의 전쟁터로 돌아갈 시간을 조금이나마 늦추고 싶었던 걸지도 모르겠다.

글을 쓰는 일은, 끊임없는 선택과 끊임없이 마주하는 일이다. 어떤 내용을 어디까지 어떻게 쓸지 글의 형식이나 톤을 정하는 굵직한 선택부터, 단어 하나 쉼표 하나 행갈이 하나까지도 모두 나의 선택을 기다리고 있다. 운동화 두 개의 사진을 찍어 친구에게 보여주고 뭘 사면 좋을지, 그렇게 하나하나 물어볼 수 있는 일이 아니었다. 그러니 하나의 글을 완성하고 나면, 당연히 이런 마음이 드는 거다.

"정오쯤 글을 쓰면, 오후 세 시쯤에는 누군가 말해줬으면 좋겠어."

끊임없는 선택, 선택, 선택으로 이미 녹초가 됐지만, 또다시 밀려오는 불안함. 세 시쯤에는 누군가 말해줬으면 좋겠는 거다. '너의 선택이 나쁘지 않았다'고. 반대여도 괜찮다. '엉망진창이구만, 다시 생각해봐.' 그럼, 포기가 빠른 나는 어쩌면 굉장히 좋아하며 다른 길로 접어들 수 있을 것 같은데….

하지만 삶은, 그렇게 쉽고 빠르게 어떤 결과를 알려주는 일은 없었던 것 같다. 꼭 글이 아니어도 말이다. 그래서 나는 그냥, 그 지난하고 지루한 시간을 이렇게 채우기로 했다. 사소한 것 100개를 쌓아, 나를 달래는 리듬을 만드는 것으로.

새치와 동안

나는 참, 미용실이 귀찮다. 전화를 걸어 예약하는 것부터 귀찮다. 현관문을 열고 미용실까지 가는 것은 당연히 귀찮고, 미용실 의자에 앉았을 때 '어떻게 잘라드릴까요?' 질문을 받는 것도 귀찮고, 그 후에 이어지는 사소한 잡담을 (물론 선생님들도 고객 응대 차원에서 부러 노력하시는 것일 테지만) 예의에 어긋나지 않는 선에서 최소화하는 것도 귀찮고, 모르겠다. 그냥 다 귀찮다. (어쩌면 그저 밖에 나가는 게 귀찮은 것일 수도…)

하지만 나는 두세 달에 한 번쯤은 미용실에 가야 했다. 이십 대 후반부터 나기 시작한 새치 때문이었다. 본격적인 구내염이 시작되기 전, 면역력 낮은 애들이 스트레스를 받으면 나타나는 웬만한 질병들(대상 포진, 이명, 어지럼증을 동반하는 메니에르, 원형 탈모 등)은 거의 다 겪어봤는데, 그중 원형 탈모가 있던 자리에 어느 날부터 새치가 나기 시작했다. '탈모보다는 새치가 낫지.' 나는 그 상황을 꽤 긍정적으로 받아들였던 것 같은데, 미용실을 더 자주 가야 한다는 사실을 깨닫곤 다시 또 조금 귀찮아졌다. 10년 넘게 적어도 석 달에 한 번쯤은 미용실에 가야 했다. 그쯤 되면 사람들의 관심과 잔소리가 쏟아졌기 때문이었다. "어머, 이거 흰머리야?"(주목받고 싶지 않다….) "원래 이렇게 새치가 많았어?"(주목받고 싶지 않다….) "너 염색 좀 해야겠다. 이게 뭐야?"(주목받고 싶지 않다…!)

그런데 1년 전부터 나는, 염색을 끊었다. 어느 날 거울을 보는데, 새로 나는 머리들은 이제 다 흰머리 같다는 느낌이 들 정도로 새치가 굉장히 많아진 느낌이었다. '좀만 견디면 반백이 될 것 같은데?' 어쩐지 좀 좋았다. '그럼 미용실 가는 시간이 확 줄겠는데?' 나도 모르게 씨익 웃었던 것도 같다. 하지만 내가 빨리 반백이 됐으면 좋겠다는 마음으로 염색을 끊은 결정적인 이유는 사실 따로 있다. 꿈을 꿨기 때문이다.

"어젯밤 꿈에 성수동 집주인 할머니가 나왔어."

닌자가 빵 터졌다. "이제 왔니? 이사한 지 6개월쯤 됐지? 이제 좀 화가 나니?" 문자창이 온통 닌자의 웃음으로 가득 찼다. 나는 행동도 느리고 말도 느리고 모든 게 느린데, 감정도 참 느려서 뭔가 부당하고 억울한 일을 당해도 그 순간에는 화가 잘 안 난다. 짧게는 몇 시간이나 며칠 후, 길게는 몇 달 후, 심지어는 몇 년 후에 갑자기 자다 깨서 생각한다. '아, 그때 내가 상처를 많이 받았나 보네.'

이번엔 6개월이 걸렸나 보다. 성수동 집에 처음 들어갔을 땐 전세였는데, 서울 전셋값이 계속 오르자 전월세가 됐다. 첫 계약 만기 무렵, 나는 책 막바지 작업 중이라 도저히 다른 집을 알아볼 시간이 되지 않아 그냥 월세를 내고 살게 됐다. 그러다 이제 정말 이사를 가야겠다, 다른 집을 알아보곤 할머니에게 전화를 했는데, 그때부터 할머니가 욕을 하기 시작했다.

'어린년이 싸가지가 없다, 은혜를 모른다, 정 나가고 싶으면 복비는 네가 다 내라, 어린년이 아주 배은망덕하다' 등의 욕을 한 시간쯤 듣고 나니, 반드시 이 집에서 나가야겠다는 생각이 들었다. 수많은 우여곡절이 있었는데, 보증금을 받아야하는 날까지도, 내가 부동산 문을 여는 순간부터 할머니의 고성과 욕설이 쏟아졌다. 결국엔 가까이 사는 선배가 오고 우리엄마까지 온 다음에야 나는 보증금을 받고 나올 수 있었다.

그런데 할머니의 욕설에는 후렴구가 있었다. '어린년이 어쩌고, 어린년이 저쩌고.' 나중에 선배랑 엄마가 오자, 할머니는 갑자기 약자 코스프레로 돌변, 단체로 몰려와서 노인을 학대한다며 소리를 지르기 시작하셨는데, 참다못한 선배가 말했다. "아니 그러면 어린 여자애 혼자 앉혀놓고, 어른이란 분이 이래도 되는 건가요?" 나는 그때도 이 상황이 어쩐지 매우 기묘하다는 생각을 떨칠 수가 없었는데, 6개월이 지난 후에야 그때의 내 감정을 깨달았다. 6개월이 지난 후, 꿈에서 다시 한번 할머니의 욕을 듣고 나서야 이런 생각이 든 거다. 물론 내가 그 할머니에 비해 어린 건 맞지만, '나도 이제 마흔이 넘었는데, 언제까지 어린 여자애라는 소리를 들어야 하는 거지?'

나는 워낙 체구가 작고 이목구비가 다 동글동글하게 생겨서, 내 나이에 맞게 보인 적이 거의 없었다. 요즘은 사람들이 워낙 '어려 보이는 것'에 집착해서, '동안'이라고 하면 칭찬으로만 생각하는 경우가 많은데, 그건 '이십 대형 동안', 여자인 경우는 '아가씨형 동안'일 때, 그것도 극히 일부에만 해당되는 얘기인 것 같다. 나는 아가씨가 될 수 없었다. 나 같은 사람들은 학생에서 바로 아줌마나 할머니로 가는 코스다. 친구들이 화장을 하면 좀 나을 거라면서 내 얼굴에 이것저것 발라보곤 이렇게 말했다. "앤 왜, 뭘 발라도 엄마 화장품 훔쳐 바른 것 같니?" 웬만한 외투는 아빠 옷 훔쳐 입은 것 같아서, 함께 쇼핑을 간 친구들은 고개를 갸웃한다. "난 네가 이렇게 작다고 생각해본 적은 없는데, 왜 옷을 입혀놓으면 다 크니?" 뼈가 얇고, 어깨가 좁아서 그렇다. 사람들 얘기를 들어보면, 다들 기억에 남은 성장기가 있었던 것 같은데, 초등학교 때 키가 지금 키라든가, 어렸을 땐 작았는데 고등학교 때 갑자기 컸다거나, 군대 가서 혹은 대학 와서도 키가 컸다거나 등의 서사 말이다. 나는 그냥 늘 작았다. 태어날 때부터 이만하진 않았을 테니, 조금씩 조금씩 찔끔찔끔 언젠가는 자랐을 것 같긴 한데, 대체 언제 자랐는지도 모르겠다. 나는 늘 작았고, 하필 성도 '강'씨라서, 학창 시절 두 자릿수 번호를 받아본 적이 없다. (키로 하든, 이름 가나다순으로 하든, 두 자릿수가 뭔가. 5번 밖으로 나가본 적도 없는 것 같다.)

물론, 체구가 작고 어려 보이는 얼굴을 가졌다는 것이 늘 나쁜 것은 아니다. 도움을 받은 적도 많았다. 하지만 사람은 원래 간사한 존재라, 이미 가진 것에 대해선 금세 합리화를 하게 된다. 나를 '어린 여자아이'로 보고 도움을 준 사람들은, 원래 약자에게 친절한 사람들일 테니, 내가 그렇게 보이지 않았다 해도 특별히 나에게 부당한 처사를 행하진 않았을 것도 같고⋯. 이런 식으로 말이다. 반면 불편한 점을 말해보라고 한다면, 음⋯. 머릿속에 가장 먼저 떠오르는 생각은, '그 많은 에피소드를 이 짧은 글에 어떻게 다 적지?' 역시 사람은 간사한 존재다. 내가 피해자였던 경우는, 이렇게 잘도 기억하니 말이다.

통성명도 하기 전에 반말을 듣는 경우는 뭐 매일같이 일어나는 일이니 패스. (나이 지긋한 어르신들만 그러는 게 아니다. 나와 비슷한 또래, 이젠 어쩌면 나보다 어릴 수도 있을 것 같은 사람들조차 반말을 참 쉽게 했다.) 운전 중에 부당한 일을 당하는 경우도 너무 많았다. (일반 도로에서 갑자기 후진해서 내 차를 박은 아저씨도, 일방통행 길에서 역주행으로 내 차를 막은 아저씨도, 건널목 앞에 서 있는데 뒤에서 내 차를 박은 아저씨도, 일단 나를 보면 화를 냈다.) "운전도 못하는 어린년이 왜 도로에 차를 끌고 나와서…." (어린년이란 후렴구는 나만 모르는 유행어인가 보다.) 한번은 술집에서 다른 테이블 사람들끼리 싸움이 났는데, 분을 이기지 못하던 한 아저씨가 주변을 두리번거리더니 갑자기 나한테 욕을 하기 시작했다. "어린년이 왜 밤늦게까지 술을 처먹고…." (저는 사이다 마시고 있었는데요….) 또한 그런 사람들은 꼭 나보다 덩치 큰 친구나 남자 일행이 나타나면 급격히 목소리가 작아진다. (가장 약해 보이는 사람에게 분풀이하는 사람들이 왜 이렇게 많은 걸까.) 심지어 나는 내가 소비자인 경우에도 이상한 일들을 굉장히 많이 겪었는데, 한번은 가구점에서 쫓겨난 적도 있다. "우리 가게엔 학생이 살 만한 물건 없어. 그냥 나가." (그렇게 비싼 가구점도 아니었고, 그때 나는 이미 삼십 대였는데….) 이 얘기를 들은 한 후배는 깔깔 웃으며, "언니는 통장 잔고를 가슴에 붙이고 다녀. 아니면 주민등록번호 앞자리라도 붙이고 다니든가." 이렇게 말했고, 한 선배는 또, "그러니까 내가 예전부터 얘기했잖니. 너같이 생긴 애들일수록, 차도 좋은 거 타야 하고 가방도 비싼 거 들어야 덜 무시당해." 하지만 나는 가죽 가방은 무겁고 명품에는 관심도 없고 늘 에코백에 면티인데, 그런 것들이 사람을 재단하는 기준이 된다는 것도 싫고, 모르겠다. '5센티만 더 컸어도 이런 일을 덜 당했으려나, 어렸을 때 편식하지 말걸.' 이런 생각이나 하고 앉아 있다.

모든 일에는 양면이 있는 법이라 어려 보이는 외모로 도움을 받은 적도 있고, 매일 일어나는 일에 매일 기분 상해 하는 것도 너무 에너지 낭비이며, 기본적으로 나는 노 화가 많은 사람은 아니라, 지금까지는 그냥 그냥 '어쩔 수 없는 거 아닌가.' 생긴 대로 살아왔던 것 같은데, 어느 날 갑자기, 거울을 보다 문득, 이런 생각이 들었다.

'나는 언제쯤 내 나이에 맞는 삶을 살아볼 수 있을까?'

어쩐지 한 번도 없었던 것 같았다. 외모도 외모지만, 그냥 나란 사람이 그랬던 것 같다. 언젠가 마리 언니와 수다를 떨다가, 언니가 내게 이런 말을 했던 적이 있다. "대부분의 작가들에겐 전 작품을 관통하는 화두가 있거든? 매번 다른 작품을 써도, 조금 넓게 다시 보면 그 작품들을 관통하는 화두가 있어. 그런데 너에게 그건 '어른'이 아닌가 싶다."

어렸을 땐 '애늙은이'라는 소리를 들었다. 워낙 쪼그만 애가 말도 없이 가만히 있다가 한마디씩 툭툭 하는 게, 누군가에겐 '나이도 어린 게 말대답한다'로 느껴졌을 테고, 그래도 내 말에 조금은 귀가 쫑긋했던 누군가에겐 '그냥 앤 줄 알았는데, 애늙은이네'라고 느껴지지 않았을까 싶다. 말대답한다고 언성부터 높였던 사람들과는 점점 더 멀어지고, 그래도 내 말에 조금이라도 귀 기울여주는 사람들과는 점점 더 가까이 지내다 보니, 어느새 주변 사람들은 나를 '애늙은이'라고 부르고 있었다.

그런데 언젠가부터 나는 '철부지 몽상가'가 되어 있었다. 서른이 넘어 출판한 내 첫 책의 제목도《나는 아직, 어른이 되려면 멀었다》였다. 나는 그냥 한자리에 가만히 서 있는 것 같은데, 시간이 흘렀고, 내 주위 사람들의 삶은 조금씩 달라지고 있었다. 삶이 달라지면 사용하는 언어도 달라지며, 사용하는 언어가 달라지면 생각의 방향도 달라진다. 나는 늘 같은 언어를 사용하고 있었을 뿐인데, 그게 어느 순간 '애늙은이 같은 소리'에서 '철부지의 현실 감각 떨어지는 몽상'으로 변해 있는 것만 같았다. 모두가 바쁘게 바쁘게 변해가는 가운데, 느리게 느리게 제자리를 맴돌고 있는 사람. 그게 나인 것만 같았다.

그런데 문제는, 그럼에도 나는 여전히 '바쁘게 바쁘게, 빠르게 빠르게'에는 영 적응이 되지 않는다는 거다. 사람들이 내게 말하는 '어른의 삶', 남들도 다 그렇게 산다는 어른의 삶은 어쩐지, 아직도 나와는 상관없는, 너무너무 먼, 남 얘기로만 느껴진다는 거다.

그러다 거울 속의 나를 만났다. 더 정확히 말하면 눈에 띄게 늘어난 새치를 만났다. '어? 좀만 견디면 반백이 될 수 있을 것 같은데?' 순식간에 반백이 됐을 때의 장점들이 내 머릿속을 스쳐 지나갔다. '미용실 안 가도 되잖아? 반말도 덜 듣게되지 않을까? 어린년 소리도 이제 지겹고…. 이왕 이렇게 된 거 아가씨 아줌마 건너뛰고, 바로 할머니로 가도 나쁘지 않을 것 같은데?' 어쩐지 내 적성에도 맞을 것만 같았다. 진짜 할머니가 되면 애늙은이란 소리도 들을 리 없을 테고, 느리게 느리게 사는 건 할머니랑 어울리잖아? 철부지 몽상가란 소리도 어쩐지 할머니에겐 귀엽게 들리는 것도 같고…. 그래! 그냥 빨리 귀여운 할머니가 되어야겠다! 그렇게 나는, 염색을 끊었다.

어쩌면 누군가에겐, 이런 나의 결정 또한 철부지들이나 하는 엉뚱한 생각으로 느껴질지 모른다. 그런데 나는, 아직도 잘 모르겠다. 사람들이 말하는 '나이에 맞는 삶'이라는 게 정말 있긴 한 건지. 아무리 주위를 두리번거려 봐도, 잘 모르겠을 때가 많아서 말이다. 다른 사람들은 정말, 그런 나이에 맞는 삶을 '잘' 살고 있는 건지.

닌자   (내 머리를 한참 보더니) 근데, 너 그거 알지?

나   응?

닌자   요즘 또 이 색이 유행인 거.

나   응?

닌자   애쉬 그레이….

나   …….

닌자   대충 보면 노는 애가 그냥 염색한 것 같기도 하고….

나   야! 대충 보지 말고 좀 잘 봐. 자세히 보면 나도 이제
          늙었어.

닌자   누가 자세히 보니? 다들 바빠. 원래 이미지로만 대충
          대충 보는 거야. 넌, 키 크기 전엔 틀렸어.

여기까지 말하고 닌자는 또, 자기 말에 자기가 터져선 한참
을 웃어댔다. 최근 나는 세 명에게서 '염색했느냐'는 말을 들었다.
(괜찮다, 괜찮다, 나를 달랜다. 적어도 미용실은 자주 가지 않아도
되니까… 어쩌면 이 모든 생각의 시작은 그저, 미용실 자주 가기
귀찮아서였을지도 모르니, 괜찮다, 괜찮다….)

밥통

'치카 치카 치카 치카'

밥통에서 요란히 소리가 울리기 시작했다.

밥이 다 되어가나 보다.

'나 열심히 일하고 있어요.'

밥통은 그렇게 요란한 생색을 내가며

자신의 일을 하고 있었다.

밥통에서 김이 나오기 시작하자,

저쪽 구석에서 '윙-' 하는 소리가 들려온다.

공기청정기가 갑자기 분발을 한다.

'저도 열심히 일하고 있는 거 알죠?'

그 옆으로 조용히 습도를 맞추고 있는 가습기.

묵묵히 제 몫을 하고 있다.

정작 나는,

한글창을 열어놓고

깜빡이는 커서만을 멍하니 바라보고 있는데,

아까부터

온 집 안을 헤집고 다니던 로봇 청소기가 내 발을 툭툭 친다.

'저기 좀 비켜볼래? 여기도 좀 닦게?'

발을 조금 들어 올리며

문득 부럽다는 생각이 든다.

자신의 역할을,

자신이 제일 잘할 수 있는 일을,

정확히 알고,

묵묵히 잘, 수행하고 있는 녀석들.

40년쯤 쓰면,

나도 내 사용법 정도는

아주 적확하게, 누구보다 잘, 알고 있을 줄 알았는데….

아직도

내 마음조차 모르겠을 때가 너무 많다.

아직도 불쑥불쑥

이런 생각이 들 때가 있다.

넌 대체 커서, 뭐가 될래?

이젠 '커서'가 아닌

'늙어서'란 말을 써야 할 것 같은 나이에 와 있는데도, 아직.

밥이 다 됐다는 신호가 들려온다.

끙,
의자에서 몸을 일으키며 생각한다.

또 한 끼가 지나고 나면,
조금 더 답에 가까워질 수 있을까.

난 대체 커서, 뭐가 될까.

내 뒤론,
빈 한글창의 커서가 쉼 없이 깜빡이며
나를 바라보고 있다.

닥터 하우스의
소거법

컴퓨터 앞에 앉아 빈 한글창을 한참 동안 바라보다, 마우스를 움직여 인터넷창을 연다. 그리고 내가 찾아보는 사이트는, 잡코리아. 지금도 종종 잡코리아나 알바몬 같은 사이트에 들어가 내가 할 수 일이 뭐가 있는지, 과연 있긴 한지, 찾아보곤 한다. '이건 이미 늦었어, 나이 제한이 있네. 말을 많이 해야 하는 일은 구내염 때문에 패스. 내가 가진 자격증이라곤 운전면허증밖에 없구나, 자격증이 필요한 일들을 건너뛰고.

그렇다고 딱히 잘하는 외국어가 있는 것도 아니고, 육체노동을 과연 내 몸이 버텨낼 수 있을까. 경기도 ××시, 내가 여기까지 출퇴근할 수 있을까.' 그렇게 하나씩 하나씩 지워가다 보면 또다시 깨닫곤 한다.

아, 내가 할 수 있는 일이 정말 별로 없구나.

그러다 아주 가끔, 이건 나도 할 수 있는 일이지 않을까, 라는 마음으로 친구에게 링크를 보내면, "야, 이건 급여도 안 적혀 있잖아. 이런 건 건당 만 원도 안 될 거고, 딱 그만큼의 에너지만 써야 하는 건데, 네 성격에 그게 되겠니? 분명 대충은 못 넘어가고 하루 종일 붙들고 앉아 있을 테고, 그럼 최저임금은커녕 한 달 내내 일해도 몇십만 원도 못 벌 거고, 그사이 네 몸은 더 망가질 테고, 그럼 약값이 더 들 텐데, 왜 이 일이 하고 싶은데?" 친구의 잔소리가 쏟아진다. "돈 벌 수 있는 일도 아니고, 재밌게 할 수 있는 일도 아니고, 네가 잘할 수 있는 일도 아닌데, 대체 왜 하고 싶은 건데?" 그러다 마지막엔 결국, "너 이 일 하면서 글도 쓸 수 있어? 안 아플 자신 있어? 오늘은 얼마나 썼어?" 그럼 또 나는 뭔가 공부해야 하는 시간에 딴청 부리고 놀다 딱 걸린 아이처럼 작아져서는, "어, 어…. 지금 하고 있어. 할 거야…." 중얼중얼 서둘러 대화창을 빠져나온다.

그 프로세스를 다 알고 있으면서도, 어쩐지 불안함이 밀려올 때면 취업사이트를 기웃거리게 되는데, 내 마음은 나도 잘 모르겠다. 정말 다른 일을 찾고 싶은 건지, 아니면 그저 내가 할 수 없는 일들을 하나씩 지워가고 싶은 건지.

나이를 먹는다는 건, 조금씩 나를 알아가는 과정인지도 모르겠다. 그런데 그게 참 쉽지가 않았다. 적어도 나는 그랬다. 어느 순간 단번에 정답이 딱! 찾아지는, 그런 드라마틱한 일은 적어도 나에겐 없었던 것 같다. 오히려 하나씩 하나씩 지워가며 나는 나를, 알아가고 있는지도 모르겠다.

2년 전 나는, 내가 베체트 의증 환자라는 걸 알게 됐다. 가벼운 구내염 정도가 아닌, 심한 통증으로 일상생활이 불편해진 다음부터 헤아려도 6년이 지난 후였다. 그때 나는 좀 화가 나 있었던 것 같다. 구내염은 이제 익숙해진 통증이었기에,

'그냥 또 내 잘못인가 보다, 내가 또 스트레스 관리를 잘 못했나 보다.' 그럴 수 있었는데, 어느 날부터 다리가 아팠다. 처음엔 그냥 많이 걸은 다음 날처럼 허벅지가 좀 땅기는 정도였는데, 점점 심해지더니 나중에는 걸을 수도 없고, 누워 있어도 아프고 앉아 있어도 아파서, 그나마 가장 덜 아픈 자세인 무릎 꿇은 자세로 밥을 먹어야 했다. 그러다 갑자기 화가 났던 것 같다. 어느 날 아침 눈을 떴는데 갑자기 통증이란 것이 너무 지긋지긋해서, 나는 공부를 시작했다.

허벅지 통증이 발생할 수 있는 모든 질병의 목록을 뽑고, 각 질병에 가장 유능하다고 소문난 병원과 의사 명단을 뽑아 예약 전화를 돌리기 시작했다. 의사들이 가장 싫어하는 환자는, 인터넷이나 TV 같은 곳에서 어설픈 의학 정보를 주워듣고 와서 진상 피우는 환자라고 하는데, 나는 그런 '진상 환자'가 되기로 결심한 거였다. 병원에 가서, 이런 병이 의심되니 이런 검사를 해달라고 내가 먼저 요구했다. 대부분의 의사들은 '그럴 일은 없을 것 같은데, 환자분이 그렇게 원하시니⋯.' 어쩐지 조금 떨떠름한 표정으로 검사를 해주었다. 열에 아홉 나는 진상 환자였던 게 맞다. 하지만 하나의 병원에서만은, 진짜 환자가 됐다. "세형 씨 몸 안에 그 인자가 있어요." 한 류마티스 내과에서 마침내, 베체트 판정을 받았으니까.

베체트 환자들 중에는 이유를 알 수 없는 통증(섬유근육통)을 호소하는 경우가 있는데, 나 같은 경우는 허벅지에 온 것이었고, 사람마다 통증 부위가 다 달라서 허벅지 통증만으로 베체트를 의심하기는 힘들다. 내가 뽑은 질병 리스트에도 루푸스와 베체트는 거의 끝부분에 있었다. 나중에 의사 선생님이 이런 얘길 해줬다. 이렇게 확진이 어려운 질병은 대부분 나처럼 소거법으로 병인을 찾는다는 이야기. 자기 환자 중에는 가슴이 너무 아파서 CT도 여러 번 찍고 온갖 병원을 다 순례해도 병인을 못 찾다가 여기까지 온 사람도 있다고 했다. 만약에 내 몸에서 베체트 유전인자가 나오지 않았다면, 나의 다음 순서는 신경정신과였다. 실제로는 통증이 없지만, 내 뇌가 통증이 있다고 인지할 수도 있으니까.

의사 선생님과 이런 얘길 나누는 동안, 생뚱맞게도 내 머릿속에는 하얀 칠판 하나가 둥둥 떠다니고 있었다. '아 맞다, 하우스….' 미국 드라마 〈하우스〉에 나오는 하얀 칠판이 머릿

속에 둥둥. '내가 왜 그 생각을 못 했지? 시즌 1부터 8까지 정주행만 두세 번은 한 것 같은데….'

　　온갖 병원에서 스트레스 때문이라는 얘기만 듣는 동안, 친구들과 이런 농담을 주고받곤 했다. "의사들이 잘 모르겠으면 그냥 다 스트레스 때문이라고 하는 거 아닐까? 우리에게도 닥터 하우스가 필요해!" 진단의학과 의사인 하우스는, 괴짜다. 병명이 쉽게 나올 환자들에겐 전혀 흥미를 느끼지 못하고, 어려운 퍼즐에 중독된 듯 어려운 환자들만 받는다. 그리고 병인을 알아내기 위해 온갖 일을 다 한다. 환자의 집을 몰래 뒤지기도 하고, 환자 주변 사람들을 심문하기도 하고, 과잉진료로 고소당할 만큼 불필요한 검사들을 강행하는 건 물론, 치명적인 부작용이 예상되는데도 이 약 저 약 돌려가며 써보기도 한다. 하지만 하우스는 끝내 밝혀내고야 만다. 그게 가끔 부러웠다. 나도 하우스 같은 의사를 만나고 싶었다. 병인을 모르니 스테로이드 외에는 방법이 없고, 스테로이드는 부작용이 무서워 정말 눈물이 줄줄 날 만큼 아플 때만 쓰게 되고, 하지만 어느 병원에 가나 스트레스 때문이라는 말만 듣던 시절에.

그런데 왜 하우스의 그 하얀 칠판은, 이제야 떠오른 걸까. 하우스는 점쟁이가 아니었다. 환자를 보자마자 '너는 이 병!' 이렇게 단번에 정답을 알아내는 게 아니었다. 하얀 칠판 가득히 증상과 의심되는 병인들을 적어내려 갔다. 그리고 하나씩, 지워갔다. '나도 하우스가 필요해!' 그렇게 부르짖기 전에, 내가 먼저 하우스의 방식으로 생각해봤어야 하는 건데, 그걸 이제야 깨닫다니.

닥터 하우스의 소거법은,
시행착오를 이미 전제로 깔고 있다.
수많은 시행착오를 통한 소거법.

나도 모르게 나는, 나의 수많은 어제를 돌아보고 있었다. 내가 과연 소거법을 통해 알아낸 것이, 나의 병명뿐이었을까. 당연히 아니었다. 나의 수많은 어제는, 수많은 시행착오와 함께 쌓아온 것이니까.

아마도 내가 서른이 좀 넘었을 때였던 것 같은데, 나보다 열 몇 살이 더 많았던 한 선배가 내게 이런 말을 해줬던 기억이 있다. "지금이 제일 힘들 때지. 근데 오히려 마흔 넘어가면 좀 편해져." 그때는 그게 무슨 말인지도 잘 모르면서, 그저 막연한 낙관으로, '그래, 그때쯤 되면 고민할 거리도 줄고, 불안한 마음도 줄고, 그래도 지금보다는 안정적인 삶을 살 수 있을 거야.' 이렇게 생각했던 것 같다. 그런데 그 말은, 그런 의미가 아니었다. 나는 여전히 수많은 고민에 둘러싸여 있다. 나는 여전히 불안하고, 그때보다 내가 과연 안정적인 삶을 살고 있는지도 잘 모르겠다.

하지만 그때의 나와 달라진 게 하나 있다. 나는 더 이상, 단번에 정답을 찾으려 하지 않는다. 더 정확히 말하자면, '이미 내 마음속에 정해놓은' 단 하나의 정답을 향해 기를 쓰고 애를 쓰진 않는다.

나에게도 그랬던 시절이 있었다. 이 사람이 아니면 안 될 것 같던 시절. 이 길이 아니면 안 될 것 같던 시절. 나는 이런 사람이 되고 싶다고 '이미 내 마음속에 정해놓은' 단 하나의 정답만을 향해 애를 쓰던 시절. 그래서 더 힘들었던 것 같다. 그 사람을 잃었을 때, 그 길이 좌절됐을 때, 지금의 내 모습이

'내가 정해놨던 나'와 점점 멀어져 갈 때.

세상에는 물론 굉장히 운이 좋은 사람도 있을 것이다. 어렸을 때부터 키워왔던 첫 번째 꿈이 지금 나의 직업이 된 사람. 처음 사랑에서 내 인생을 함께할 수 있는 동반자를 찾은 사람. 10년 전 20년 전 내가 계획했던, 혹은 막연하게나마 꿈꿔왔던 삶을 지금 그대로 살고 있는 사람. 물론 있을 수 있을 것이다. 하지만 적어도 나는, 아니었다.

나는 가끔 이런 엉뚱한 상상을 한다. 만약 지금의 내가 20년 전의 나를 만나, '너는 앞으로 적어도 20년 후까진 글을 써서 밥을 먹는 삶을 살게 될 것이며, 지금 네 옆에 있는 그 사람은 네 인생의 동반자가 아니며, 지금 너와 가장 가까운 친구들 가운데에는 10년 후 소식조차 알 수 없는 사람도 있을 것이며, 20년 후의 너는 오히려 이런 사람들과 함께 이런 삶을 살고 있을 것이다'라고 말해준다면, 아마도 20년 전의 나는 콧방귀를 뀌며 이렇게 생각했을 것 같다. '나와 닮은 이 미친 아줌마는 뭐지?' 그 말들을 조금도 믿지 못했을 테니까. 그땐 잘, 몰랐으니까.

내가 할 수 없는 일들을 하나씩 지워가고,

내가 가질 수 없는 것들을 하나씩 지워가고,

그렇게 시간이 흘러 나는 지금, 지금의 내 삶을 살고 있다.

하나씩 지워간다는 것이, 꿈이 더 작아지고 삶이 더 초라해지는 걸 의미하는 게 아니라는 걸, 나는 언제쯤 알게 됐는지는 모르겠다. 어쩌면 지금도 알아가는 중인지도 모르겠다. 하나씩 지워간다는 것은, 초라해지는 게 아니라 그저 달라지는 것뿐이었다. 하나씩 지워간다는 것은, 불행해지는 게 아니라 그저 '나는 사실 이런 사람이었구나'를 깨달아 가는 과정일 뿐이었다. 물론 20년 전의 내가 전혀 예측하지 못했던 지금의 이 '다른 삶'이 마냥 행복하고 좋기만 한 건 아니다. 그런데 분명한 건, 그 시절의 나는 몰랐을 다른 기쁨과 행복도 있다는 거다.

누군가는 나의 이런 말들을, 포기가 빠른 루저들의 변명이라고 생각할지도 모르겠다. 하지만 미안하게도 오히려 나는, 조금 더 빨리 포기하지 못했던 내가, 더 아쉽다. 무언가를 하나 지웠다고 해서, 삶이 그렇게 우리를 만만하게 내버려 둘

일은 없으니까. 삶은 그렇게 쉽게 끝나지 않는다. 그래서 아주 조금 아쉬운 거다. 하나의 꿈을 지웠을 때, 조금 덜 아파하고 조금만 더 빨리 다른 꿈을 꾸기 시작했으면 좋았을 텐데. 하나의 사람을 지웠을 때, 조금만 덜 힘들어하고 조금만 더 빨리 다른 삶을 돌아봤으면 좋았을 텐데. 아파하고 힘들어하느라, 조금 더 빨리 돌아보지 못했던 나의 다른 삶에게 오히려 미안하달까. 하지만 물론 그 또한 수많은 어제의 내가 반복해야 했던 수많은 시행착오 중 하나였을지도 모른다.

시행착오가 없는 삶은, 불가능하니까.
적어도 나의 수많은 어제는 그러했기에,
오늘도 나는 하나씩 지워간다.

수많은 시행착오를 전제에 두고,
닥터 하우스의 소거법을 따라 하나씩 하나씩.

그러다 보면 또, 지금의 내 리스트에는 없는 엉뚱한 답이 어딘가에서 튀어나올 수도 있지 않을까? 라는 엉뚱한 기대를 품은 채, 하나씩 하나씩.

만약에 지금, 20년의 후의 내가 나를 찾아와, 지금의 나는 상상도 할 수 없는 엉뚱한 미래를 들려준다면, 나는 이제, '나와 닮은 이 미친 할머니는 뭐지?' 안 그럴 수도 있을 것 같은데, 오히려 "정말요!?" 할머니 손을 덥석 잡으며 반가워할 수도 있을 것 같은데…. '할머니가 안 찾아와 주네…'라는 엉뚱한 상상을 하며, 한글창을 멍하니 바라보다 또 슬금슬금 마우스로 손을 옮겨 취업사이트를 둘러본다.

내 마음은 나도 잘 모르겠다. 정말 다른 일이 하고 싶은 건지, 아니면 나는 지금 이 일을 해야만 한다는 것을 또 한 번 확인하고 싶은 건지. 그도 저도 아니면 그저, 내가 가질 수 없는 또 하나의 무언가를 지우기 위해서인지.

코로나와
천혜향

"혹시, 오늘 택배 안 왔니?"

전화기 너머에서 엄마가 물었다.

"응? 무슨 택배?"

"아니, 네가 안 온다고 해서…."

엄마의 목소리가 조금 작아졌다.

"집에 과일도 많은데…. 너는 반찬도 다 떨어졌을 텐데….
아니, 네가 안 온다고 해서…."

엄마가 주섬주섬 변명부터 시작한다.

"아니, 홈쇼핑에서 천혜향을 파는데…."

아, 이제야 이해가 됐다. 우리집으로 천혜향을 보내셨나 보다.

꽤 오래전, '엄마의 김치'라는 글을 쓴 적이 있다. 독립하고 나서, 엄마가 매번 너무 많은 반찬을 싸주는 것 때문에 티격태격하다가 내가 결국 엄마를 울리게 된 얘기였다. 그때 나는, 집에선 밥을 거의 안 해 먹었기 때문에 가끔 라면 먹을 때 필요한 김치만 가져오고 싶었다. 가뜩이나 몸도 안 좋은 엄마가, 내가 오는 날이면 좁은 부엌에서 하루 종일 반찬을 만들고 있을 생각에 가슴이 답답했다. 무거운 반찬을 바리바리 다 싸 들고 온다고 해도, 분명 다 못 먹고 버릴 게 뻔하니까, 그럼 음식물 쓰레기 버리는 것도 귀찮고, 나는 또 죄책감에 시달릴 테고, 그 과정을 계속 반복해야 하는 것이 너무 짜증이 나서 엄마와 한참을 다투다가, "그러니까 나 온다고 하루 종일 부엌에서 고생하지 말고, 차라리 나가서 운동도 하고 놀아. 그렇게 관리 잘해서 오래오래 살면서 오래오래 김치 담가주면 안 돼?" 여기까지만 했어야 하는데, 나는 끝내 이 말을 입 밖으로 뱉어버림으로 인하여, 엄마를 울리고 말았다.

"나중에 돈 주고 김치 사 먹게 되면, 내가 얼마나 슬프겠어!"

그 글을 쓴 게, 벌써 8년 전인가 보다. 그사이 나도 늙었고, 엄마도 늙었다.

조이 세형이 오늘 엄마집 다녀왔니?

세형 응, 한 시간째 냉장고 정리 중….

닌자 뭐 뭐 가져왔어?

세형 다 말해?

닌자 스무 개 이하면 일단 말해 봐.

세형 넘을 것 같은데…. &^#!($*^!_$*&#%$*&%)!_!(*^#^$%!*&$($*&@^%!(*$&!)$)…….

단체창이 온통 'ㅋ'으로 가득하다.

세형 나도 이제 늙어서 엄마랑 못 싸워.

8년이란 시간 동안, 엄마와 나 사이에도 어느 정도 노하우가 생겼다. "그건 안 가져갈래. 그건 안 먹을래. (눈을 감고 고개를 절레절레)." 이렇게 세 단계의 의사 표현 정도면, 이제 엄마도 그건 포기한다. "조금씩 싸줘야 더 자주 오지." 확실히 예전에 비하면 양이 줄었다. (손이 큰 엄마는 모든 반찬을 꾹꾹 눌러 담았다. 한 시간쯤 운전해 집에 돌아오는 동안 반찬들은 다 흘러넘쳐 뒷정리만 한 세월. 그래도 이젠 반찬통의 4분의 3 정도만 담으신다. 가끔 한두 개만 넘친다. 나의 다음 목표는 엄마가 3분의 2만 담도록 하는 것이다.) 냉동 보관이 가능한 음식은 웬만하면 나도 그냥 가져와 1인분씩 소분해 냉동고에 일단 넣는다. (엄마의 1인분 소분과 나의 1인분 소분에는 상당한 양의 차이가 있다.) 도저히 상하기 전에 나 혼자서 다 못 먹을 것 같은 음식들은, 친구들이 와서 해결해준다. (닌자 : 조만간 한번 갈게!)

　　하지만 무엇보다 그사이 가장 큰 변화는, 나도 늙었고 엄마도 그만큼 더 늙었다는 것이다. 기운이 없어서, 서로가 서로에게 포기하는 것들이 많아졌다는 것이다. 싸울 에너지가 모자라, 오히려 서로를 조금씩 더 인정하게 됐다는 것이다.

나는 이제 거의 20년 가까이 글을 써서 밥을 먹고 살고 있다. 그런데 엄마는, 그런 나를 늘 못마땅해하셨다. 서른이 넘었을 때까지도, 수능을 다시 보란 얘길 들었다. 의대를 가든, 한의대를 가든, 아니면 대학원이라도 가라고 하셨다. 마흔 언저리가 되자, 그럼 임용 고시를 보든 아니면 공무원 시험이라도 보라고 하셨다. 엄마에게 나의 '작가라는 직업'은 늘 못마땅한 것이었고, 불안정한 임시직, 그냥 잠깐 하는 아르바이트쯤으로 여겨질 뿐이었다. 나의 마음이 건강할 때는, 그래도 괜찮았다. 결혼하라는 잔소리와 함께 그냥 엄마의 레퍼토리거니 생각하며, 웃으며 농담으로 그 상황을 넘기거나, 못 들은 척 딴소리를 하거나, 아니면 그저 가벼운 핀잔 정도만 주고받는 소소한 다툼으로 지나칠 수 있었다.

하지만 최근 몇 년 나의 마음은, 건강하지 못했다. 몇 년 전, 아직 나조차도 내 마음이 건강하지 못하다는 걸 몰랐을 때, 엄마집에서 밥을 먹는데 엄마가 갑자기 뚱딴지같은 얘길 꺼내셨다. "내 평생 제일 후회되는 건 너 재수시킨 거다." 이게 무슨 상황인가 처음엔 잘 이해가 안 됐다. "그때 그냥 ○○대 보냈으면 지금 선생질이라도 하고 살 텐데, 괜히 재수시켜 좋은 대학 보내놨더니 이상한 바람만 잔뜩 들어서…" 한참을 듣다가 깨달았다. 고3 때 나는 수능 보기 며칠 전 어지럼증으로 계단에서 넘어져, 앞니가 깨지고 입술과 얼굴이 두 배쯤 부풀어 수능 보기 전날까지도 병원을 다니다, 수능 시험장에도 진통제를 먹고 마스크를 쓰고 갔다. 다 핑계일 수도 있겠지만, 수능 다음 날 가채점을 하자마자 부모님과 선생님들이 모두 재수를 권했다. 그래도 몇 개 대학에는 원서를 냈고 3지망이던 대학에만 합격했는데, 엄마는 그때 얘기를 하고 계셨다. 그때 그냥 그 대학 보냈으면, 지금쯤 임용 고시 보고 선생님 하면서 결혼도 하고 아이도 낳고, 안정적이고 평범한 삶을 살고 있었을 거라는 얘기였다. 잔뜩 바람만 들어서 작가 따위는 하지 않고 말이다. 엄마의 말 속에 담겨 있는 이 많은 부적절함을 어디서부터 설명해야 하는가(선생님은 아무나 하나, 임용 고시는 쉽나, 결혼은 또 여기서 왜 나오지, 나도 학벌 서열화는 너무 싫지만…)를 생각하기도 전에, 나는 왈칵 서러움이 북받쳤다. 그래서 나도 모르게 버럭 큰소리를 내고 말았다. "아니, 어떤 부모가 자식 학벌을 낮추고 싶어 해!? 엄만 도대체 왜 그래?" 나의 반응에 엄마도 무척 당황해하셨던 것만 기억난다. 그날 어떻게 집에 돌아왔는지도 잘 모르겠다. 하지만 대부분의 부모 자식 관계가 다 그러하듯, 다음 날 우리는 아무일 없었다는 듯 통화를 했고, 서로 밥 먹었냐는 안부를 주고받고, 그 후로는 오히려 그런 얘기는 서로 하지 않으며 괜찮은 척 지냈던 것 같다.

하지만 나의 마음은 여전히 건강하지 못했기에, 어느 날 드라마를 보다 왈칵 눈물이 터졌다. 작가 지망생인 여자 주인공이 결혼하는 날, 주인공의 엄마가 사위 될 사람에게 보낸 편지가 문제였다. 우리 애는 꿈도 크고 재능도 있는 아이이니, 결혼했다고 포기하지 않게 해달라고, 꼭 우리 딸 계속 글을 쓸 수 있게 자네가 도와달라는 내용의 편지였는데, 나도 모르게 계속 눈물이 났다. 저 여자 주인공은 아직 지망생일 뿐인데도 저렇게 엄마의 지지를 받는데, 나는 이미 여러 번 그것도 충분히 글을 써서도 밥을 먹고 살 수 있다는 걸 증명해 보인 것 같은데, 아직도 우리 엄마에게 나는 여전히 못마땅한 딸이라는 것이, 마음이 건강하지 못했던 나에겐 너무 서러웠던 거다.

그러니 참, 신기한 일이다.

시간이 흐른다는 것, 늙는다는 것.

그렇게 서로에게서 약한 모습을 본다는 것.

그것이 오히려,

사람과 사람 사이에 다리가 되어줄 수 있다는 게 말이다.

엄마는 그렇게 내가 못마땅했고, 나는 또 그게 그렇게 서러웠는데, 언제부터였는지도 모르겠다. 뭔가 드라마틱한 변화의 시점이 있었던 것도 아니고, 그저 우리는 조금씩 더 늙어가고 있었을 뿐이었다. 엄마도 이세 내가 아프다는 걸 알게 됐고, 나도 매일매일 엄마의 모습이 달라지고 있다는 걸 느낀다. 그렇게 우리는 그저, 서로가 조금씩 약해져 가고 있는 모습을 지켜봤을 뿐이었다. 그런데 언젠가부터 나는 엄마가 싸주는 반찬을 웬만하면 그냥 다 들고 온다. 엄마도 이제 더 이상 나에게 '다른 일'을 권하지 않는다. 오히려 요즘은 너무 많이 나가신 게 아닌가 싶을 정도로, 아무 일도 하지 말고 그냥 놀라고 하신다. (그래도 그건 좀…. 우리 엄마는 왜 중간이 없을까.) 통증이 심해지면서부터는 나의 식습관도 변해서, 이젠 거의 집에서 밥을 먹다 보니 엄마의 반찬은 오히려 나에게도 소중해졌다. (엄마는 내가 먹을 모든 음식에는 청양고추를 쓰지 않으시니까. 하지만 그럼에도 엄마가 싸주는 음식은 늘 나에겐 많다.)

"나중에 돈 주고 김치 사 먹게 되면, 내가 얼마나 슬프겠어!" 8년 전 그렇게 엄마를 울렸던 못된 딸이었던 나는, 요즘 밥을 먹다가도 문득문득 마음이 시큰할 때가 있다. '이제 김치만 슬픈 게 아니겠네….' 불쑥 그런 생각이 들 때면 말이다.

처음엔 그냥 가볍게만 생각했던 코로나 뉴스가 점점 더 심각해지자, 조금씩 걱정이 되기 시작했다. 나도 기저질환이 있지만, 엄마도 당뇨와 고혈압 같은 지병이 있는 데다, 아빠는 작년 재작년 큰 수술을 몇 차례 하셨다. "당분간은 서로 좀 조심하는 게 좋을 것 같아." 그래서 엄마집에 가는 날을 좀 미뤘다. 내가 가면 엄마는 또 이런저런 반찬들을 하실 테고, 그러려면 장도 보러 나가실 테고, 또 만에 하나 내가 바이러스를 묻히고 갈지도 모르니, 몇 주 지켜보자고 했을 뿐인데….

"혹시, 오늘 택배 안 왔니? 아니, 네가 안 온다고 해서…."

엄마에게 전화가 왔다. 혹시 또 내가, 뭐 하러 그런 걸 보냈냐고 잔소리를 할까 봐 주섬주섬 변명부터 하신다. "아니, 홈쇼핑에서 천혜향을 파는데…. 이럴 때일수록 과일을 많이 먹어야…." 다음 날 우리집으로 천혜향이 두 박스나 왔다. 아무래도 우리 엄마는 내가, 몇십 명이랑 같이 살고 있는 줄 아시나 보다. '이걸 상하기 전에 다 먹으려면, 도대체 하루에 몇 개씩 먹어야 하는 거야…' 이런 생각을 하며 천혜향을 냉장고에 하나하나 넣다가 불쑥, 마음 한편이 또 시큰해졌다.

'아 이젠 또, 언젠가 천혜향만 봐도 슬퍼지겠네….'

시간이 흐른다는 것, 늙는다는 것, 그렇게 서로에게 약한 모습을 본다는 것. 참 신기한 일이다. 뭔가 대단히 드라마틱한 일이 있었던 것도 아닌데, 그것만으로도 이렇게 서로가 서로에게, 짠한 다리가 되어줄 수 있다는 게 말이다.

○

엄마 집에서 밥을 먹는데, TV에 봉준호 감독 얘기가 나오고 있었다.

"대단하더라, 사람들이 다 저 사람 얘기만 하더라고. 저 사람 엄마는 대체 뭘 먹고 저런 아들을 낳았냐며…."

고기를 구우며 엄마가 말했다. (이미 내 앞에는, 내가 다 먹을 수 없는 다 구워진 고기가 놓여 있었지만, 엄마는 여전히 불판에 고기를 올리고 계셨다.)

"엄마도 좀 먹어."

나는 대수롭지 않게 엄마 얘기를 들으며 밥을 먹고 있었다.

"근데, 엄마 친구들도 엄마한테 그래."

"응?"

"뭘 먹고 그런 딸을 낳았냐고…."

"……?"

"아 참! 낙지! 내 정신 좀 봐라, 낙지도 볶아 났는데…."

고기를 굽던 집게를 놓고 서둘러 주방으로 향하는 엄마에게,

"엄마, 그만해! 이것도 나 다 못 먹어"라고, 말한 후에야 깨달았다. 그건 엄마가 작가인 나를 처음으로 인정한 말이며, 작가인

나를 향한 무척이나 멋쩍고 쑥스러운 엄마만의 첫 칭찬이었다는 것을.

'그래도 봉준호 감독 얘기는 좀….'

그렇게 고개를 한 번 갸웃.

'아니, 엄마 빼고 남들은 다 부럽다고 하던 시절에도 못 들었던 칭찬을, 하필 내 인생 최악의 슬럼프를 겪고 있는 이럴 때….'

그렇게 또 한 번 고개를 갸웃.

'가족이란 정말….'

그렇게 또 고개를 살짝 갸웃하며, 나는 다시 주섬주섬 고기를 집어 입으로 가져갔다.

생각이 너무 많아,
미안합니다만…

한 식물 앞에 가만히, 아주 가만히, 한참을 서 있었나 보다.

"너 뭐 하니?"

이미 식물 가게를 다 둘러보고, 선택은 물론 계산과 포장까지 마친 일행들.

"너 뭐 해?"

"어?"

"얘 대체 언제부터 이러고 있는 거야? 뭐 하는 거야, 너?"

"아니, 그냥… 보느라고….”

이럴 땐 시간이 얼마나 흘렀는지 나 스스로는 잘 모르기 때문에 눈치채지 못했는데, 나는 생각보다 굉장히 오래 그 식물을 바라보고'만' 있었나 보다.

"어우, 됐어! 그냥 사. 이리 내.”

결국 친구는 내 앞의 식물을 집어 들어 계산을 했다. 그리고 내 품에 그냥 그 아이를 안겨주었다. 나를 아주 잘 아는 친구들조차도 몹시 답답해하는 순간이다. 내가 일시 정지 상태로 이렇게 한없이 멈춰 있을 때.

"무슨 7천 원짜리 식물 하나 사는데, 몇십 분을 그 앞에 서 있냐.”

그러게 말이다. 이런 내가 나도 답답하다. 하지만 나에게 중요한 것은 가격이 아니었다. 굳이 변명을 하자면, 내가 가만히 서 있었던 건 맞는데, 아무 생각 없이 멍하니 서 있었던 건 아니었다.

'내가 이걸 사도 되나?'

내 머릿속은 아주 근본적인 질문부터 시작해서,

'예쁘긴 하지만, 꼭 갖고 싶은 건 아니잖니? 지금 있는 애들 물 주는 것도 힘든데…. 근데 데려가면 어디 놔야 하지? 얘를 거기 놓으려면, 거기 있는 애를 다른 쪽으로 옮겨야 하고…. 근데 그 자리는 해가 너무 안 드는데, 해 많은 쪽으로 빼려면 얘를 다시….'

이쪽으로 옮겼다, 저쪽으로 옮겼다, 그러다 집 안 화분 배치를 다 다시 하고 있으며,

'근데 어떤 화분에 심어줘야 어울리려나…. 나한테 빈 화분이 뭐 뭐 남았지?'

집에 있는 빈 화분들을 헤아려보며 이 화분에 심었다가, 저 화분에 심었다가, 그러다 다시,

'그냥 말까, 근데 예쁘긴 하고….'

새 식물을 들이는 것이 맞냐는 질문으로 돌아오기를 수차례 반복하고 있었던 거다.

이런 내가, 나도 피곤하다. 7천 원짜리 식물 하나를 들이는 데도 이렇게 많은 에너지를 소비하고 있는 내 자신이, 나도 맘에 드는 건 아니다. 그런데 그냥 자연스럽게 그렇게 된

다. 부러 노력해서 생각하는 것이 아니라, 잠깐만 방심을 해도 나도 모르게 계속 생각이란 것을 하고 있다. 내 머리는, 내 마음과 상관없이 항상 제멋대로 모든 경우의 수를 헤아리고 있다.

그래서 늘 어렵다. 무언가를 선택하고 결정하는 일은 너무 어렵다. '어떻게든 되겠지'가 잘 안 된다. 내가 이 선택을 했을 때 발생할 수 있는 최악의 상황까지 모두 돌려보고, 장단점을 다 뽑아보고, 내가 그 단점들을 감당할 수 있는가, 그만한 가치가 있는 일인가. 생각은 끊임없이 돌아간다. 그 과정을 수없이 돌려봐도 내키지 않는 일에는, 좀처럼 몸이 움직여지지 않는다. 가만히, 서 있게 된다. '너 뭐 하니?' 주변 사람들을 답답하게 할 정도로 가만히, 계속, 서 있게 된다. 오히려 그 과정을 거쳐 결정이 나면, 굉장히 포기도 빠르고 순응도 빠른 편이라, 주어진 조건 안에서 어떻게든 최선을 다하려 하지만, 선택과 결정만은 늘 나에게 어려운 일이었다. 누가 보면 일생일대의 중대한 결정이라도 앞둔 사람처럼, 매번. 이토록 사소한 7천 원짜리 식물 하나 사는 데도 이렇게 가만히 서 있어야 했으니 말이다.

"내가 생각해봤는데….'

"아니, 너는 생각하지 마."

"아니 내가, 정말 곰곰이 생각해봤는데….'

"아니 너는, 생각하지 마. 그냥 해."

너는, 생각하지 말라는 말을 많이 들었다. 하지만 나의 이런 프로세스는, 사람을 대하고 세상을 만나는 일에도 어김없이 돌아가니,

"왜 그런 건데? 그 사람은 왜 그런 말을 한 건데? 그 일은 왜 그쪽으로 흘러가는 건데?"

"왜라고 하면 안 된다니까? 왜가 없는 거야, 그런 건."

왜라고 묻지 말라는 말도 많이 들었다. 하지만 나의 뇌는, 가능한 한 많은 정보를 얻어야 생각도 돌려보고 판단도 할 수 있어서, 큰 틀을 이해하지 못하거나 납득할 만한 이유를 찾지 못하면, 다음으로 넘어가질 못한다. 제 자리에서 뱅글뱅글, 왜라는 질문만 끊임없이 되뇌게 된다.

"그러니까, 네가 자꾸 아픈 거야."

세상엔 이유 없이 말하고 움직이는 사람들도 많으며, 절대로 답을 얻을 수 없는 질문과 문제들도 많다는 걸 알지만, 그럼에도 '왜'라는 질문에서 쉽사리 빠져나오질 못하고 가만히 생각만 하고 있으니, 누군가에게 나는 무척이나 굼뜨고 항상 멍한 아이. 그나마 나를 좀 아는 사람들에겐, "아니, 너는 생각하지 마. 그러니까, 네가 자꾸 아픈 거야." 이런 말을 듣게 되는 거였다.

통증이 심해진 이후, 자꾸만 나를 탓하게 됐던 이유 중 하나도 그거였다. 너는 생각이 너무 많아, 라는 말을 너무 많이 들어온 거다. 안 그래도 남들보다 모자란 에너지로 태어났는데, 쓸데없는 곳에 에너지를 너무 많이 소비하고 있는 기분. 하지만 나도 모르게 그렇게 되는걸. 생각의 스위치는 도대체 어디서 꺼야 하나….

어쩌면 그래서 더 나는 이 미끼를, 덥석 물었나 보다. 제목

부터가 나를 잡아끌었다. '나는 아프다, 고로 철학 한다.'• 철학
을 해서 아픈 게 아니란다. 아파서 철학을 했단다. 생각이 많
아서 아픈 게 아니라, 아파서 생각을 했다는 것처럼 들리는,
어떤 팟캐스트의 이 매력적인 제목을 만났을 때, 나는 그냥
지나칠 수가 없었다.

"태어날 때 이미 굉장히 허약한 아이로 태어납니다. 어린
시절 내내 아파서 누워만 있으니 사람들을 관찰하게 되고, 그
러다 보니 의심이 많은 아이가 됐죠."

내 얘기를 누가 대신해주는 것만 같았다. 아픈 아이들은
의심이 많아질 수밖에 없다. 이 약을 먹으면 나을 거라고 했
는데 나는 계속 아프고, 아픈 아이들은 또 입이 짧을 수밖에
없는데 한 입만 먹자고 해놓고 어른들은 꼭 "자, 한 입만 더"
라고 말한다. 누워서 눈만 깜빡깜빡 모두를 그냥 지켜보고만
있자면, 자꾸 어른들의 허점 또한 눈에 들어올 수밖에 없다.

• 안알남(안 물어봐도 알려주는 남 얘기) 35회 1부 〈철학〉 나는 아프다, 고로
철학 한다

의심이 많아지고 질문이 많아진다. 질문이 많은 아이는 어른들에게 귀찮은 존재, 애늙은이란 소리를 듣게 된다. 머리가 굵어지면서 '왜'라는 질문을 사람들이 그다지 좋아하지 않는다는 사실을 깨닫게 되면 가면을 쓰게 된다.

"그는 또한 가면을 쓴 철학자라고도 불리는데요."

나도 누군가에겐 굉장히 해맑고 밝은 사람으로 기억되고 있을 것이다. 나 또한 사회생활 버튼을 누르고 집 밖으로 나가면, 굉장히 (그래봤자 평소에 비해) 많은 말을 한다. 왜라는 질문은 가능한 한 입 밖으로 뱉지 않으려 애쓰며 해맑은 사람인 척 노력한다. 그러니 나가기 며칠 전부터 마음의 준비가 필요한 건 당연하고, 그렇게 한번 사회생활 모드로 나갔다 돌아오면 급 피로감이 몰려와 계속 잔다.

어느 순간부턴 사람들의 관심이 싫고 주목받는 게 싫어서 은둔 생활을 했다는 것도, 편지 받는 것조차 귀찮아 주소지가 알려질 때마다 이사를 다녔다는 것도 무슨 마음인지 너무 알겠고, 잠을 많이 자고 평생 늦게 일어나는 사람으로 살다가

스웨덴 여왕의 가정 교사로 불러가 새벽에 출근하는 삶을 시작한 지 몇 개월 만에 사망했다는 얘기까지 듣고 있자니, 나는 어쩐지 안심이 됐다. 그치? 아침형 인간이 체질적으로 안 맞는 사람도 세상엔 정말 있다고!

"데카르트는 아프게 태어났어요. 몸이 아파서 그런 삶을 살았고, 몸이 아파서 그런 캐릭터가 됐고, 몸이 아파서 그런 철학을 완성했고, 몸이 아파서 이렇게 죽었어요. 이런 생각의 태도 자체가 몸이 아파서 생긴 거죠."

근대 철학을 열어젖힌 데카르트의 이야기를 들으면서, 위로받게 될 줄은 몰랐다. 이렇게까지 나를 합리화하는 데 적합한 이야기는 들어본 적이 없었다. 심지어 이런 말까지 듣게 될 줄은 더더욱 몰랐다.

"그러니까 집에서 빈둥빈둥 누워만 있는 애들, 너무 구박하지 마세요."

나를 대신해 변명까지 해주고 있었으니까. "이런 사람들은 생각을 끝까지 돌려보기 전까지는 움직일 수가 없는데, 남들에겐 머릿속은 보이지 않으니까 한없이 게을러 보일 수 있거든요. 일단 부딪혀 봐야 하는 경험론자들이 보기엔 얼마나 속 터지겠어요. 하지만 이런 애들이 천재로 태어나면 철학의 한 조류를 열어젖힐 수도 있는 겁니다."

물론 나는 데카르트가 아니다. 천재도 아니다. 그저 그런 평범한 사람. 그러니 그의 얘기에 공감하고 위로받는 것조차 그냥 나의 게으름에 대한 변명과 합리화에 불과할지도 모른다. 나는 그냥 굼뜨고 느린 사람일지도 모른다. 하지만 그것이 나에게 위로가 된다면, 그 미끼를 덥석 물어도 되는 거 아닐까? 우리는 누구나, 위로가 필요한 삶을 살고 있으니까.

'나만, 이상한 사람인가.'

문득 이런 생각에 외로워질 때면, 내가 꺼내 보는 이야기가 하나 있다. 《백 년 동안의 고독》으로 유명한 소설가, 가브리엘 가르시아 마르케스는 돼지 꼬리를 달고 태어난 사람에 대한 소설을 썼다. 그리고 아주 신기한 경험을 하게 된다. 실제로 돼지 꼬리를 달고 태어난 세계 각지의 수많은 사람들로 부터 팬레터를 받게 된 거다. 이런 사람이 실제로 존재하리라 고는 소설을 쓴 마르케스도 몰랐고, 팬레터를 쓴 사람들조차 세상에 나와 같은 사람이 또 있을 거란 생각은 못 했는데, 그 들은 실재했다. 그것도 아주 많이.

나는 가끔 내가, 위로 수집가 같다는 생각을 한다. 책을 보 다 밑줄을 긋는다. 영화와 드라마를 보다 멈칫한다. 음악이나 팟캐스트를 들으면서도 일시 정지 버튼을 누른다. 나 또한 일 시 정지 상태가 되어 나를 멈춰 세운 그 말들을, 그 이야기들 을 곱씹으며 위로를 챙긴다. 아, 나처럼 생각하는 사람이 또 있구나. 나와 비슷한 사람이 어딘가에 살고 있구나. 나는 혼 자가 아니구나. 과거에도 있었고, 현재에도 어딘가에 살고 있 을, 돼지 꼬리를 달고 태어난 수많은 사람들을 생각하며 위로 를 챙긴다. 이번엔 나의 돼지 꼬리가, 데카르트였을 뿐이다.

생각이 너무 많아 미안합니다만, 굼뜨고 느려 보여 미안 합니다만, 너무 구박하지 마세요. 세상엔 이런 사람들도 있답 니다. 저희 집안엔 근대 철학을 열어젖힌 데카르트도 있는걸요? 비록 저는 천재가 아닙니다만, 그래도 아주아주 잘 크면, 그리고 운이 좋다면, 생각하고 또 생각하다 느리게 느리게 글이라도 쓰면서 살 수 있겠지요. 당신도, 당신의 돼지 꼬리를 찾을 수 있길 기원합니다.

새로운
추억이 있습니다

    TV를 끄고, 이제 그만 자야지, 휴대폰을 방해금지 모드로 바꾸려는 순간, '띵.' 나의 휴대폰은 아직 잠을 잘 마음이 없는 모양이었다.

    "새로운 추억이 있습니다."

    사진 앱으로부터 알림이 왔다. 몇 년 전 사진들이, 음악과 함께 동영상으로 만들어져 있다는 신호다. 보통은 그냥 무시하고 잘 텐데, 어쩐지 이번엔 나도 모르게 재생 버튼을 누르고 있었다. 벌써 몇 년 전에 다녀온 여행 사진들이었다. 제법 경쾌한 음악과 함께 그때의 여행을 다시 보여준다. 하나를 보고 나니, 어쩐지 그대로 잠들기 아쉬워 다른 추억도 플레이해 본다. 그리고 또 하나, 또 하나…. 그렇게 계속 지난 추억들을 보고 있자니, 불현듯 이런 생각이 들었다.

'나, 되게 행복한 사람 같다.'

나는 사진을 잘 찍지 않는다. 요즘은 대부분의 사람들이 스마트폰을 가지고 다니기 때문에, 먹는 것부터 사소한 일상 하나하나까지도 마치 일기를 쓰듯 사진을 찍지만, 나는 반복되는 일상에선 거의 사진을 찍지 않는다. 여행을 갔을 때나 혹은 정말 특별한 일이 있을 때만 카메라를 꺼내다 보니, 나의 사진첩에는 정말 나의 즐거웠던 순간만이 담겨 있었다.

'되게 행복한 사람 같다.
나도 실은, 꽤 행복하게 살았나 봐.'

휴대폰을 내려놓고 다시 이불을 끌어 올려 잠을 청하려 하는데, 영 잠은 오지 않고 생각만 많아졌다. 그런데 왜 아이폰은 과거의 사진들을 보여주며 "새로운 추억이 있습니다"라고 한 걸까. 그러다, 벌써 20년도 넘은 오래전 기억까지 소환하게 됐다.

대학 시절, 지방에서 올라와 하숙을 하던 동기 녀석의 한마디가 며칠 동안이나 우리 친구들 사이에서 깔깔거리며 회자된 적이 있었다. 되게 별것도 아니었다. 녀석의 한마디라는 게 고작, "밥 기다려요." 이거였으니까. 몇몇 친구들이 녀석의 하숙집을 불쑥 찾아갔는데, 녀석은 아무것도 하지 않고 방 한가운데 우두커니 앉아 있었단다. 그래서 "너, 뭐 하니?"라고 물었더니, 경상도 사투리가 짙게 묻어 있는 말투로 녀석이 이렇게 답한 거다. "밥 기다려요." 그 말이 왜 그렇게 웃겼을까. 우리는 며칠 동안이나, 누가 누가 더 성대모사를 잘하나 내기라도 하듯 어설픈 경상도 사투리로 그 말을 따라 하며 깔깔거렸다. 이제 고작 갓 스무 살을 넘겼을 뿐인데, 다 컸다고 생각했던 그때의 우리들은 그 말의 의미를 알고 웃었던 걸까.

잔뜩 복잡해진 마음으로 나는 결국 이불을 걷고 일어나 책장으로 다가가, 오래전에 읽었던 소설책을 꺼내, 기어코 이 구절을 찾아내고야 말았다.

인간의 생활에는 기뻐하거나 화를 내거나 슬퍼하거나 미워하거나, 여러 가지 감정이 있지만, 그러나 그것은 인간 생활 전체를 볼 때, 겨우 1%를 차지할 뿐 나머지 99%는 다만 기다리며 살아가는 게 아닐까요.
　　　　　　　　　　　　　　　— 다자이 오사무의 《사양斜陽》 중에서

이십 대의 나 또한 이 구절에 밑줄을 그어놓았다는 게 조금 신기하기도 하고 우스웠다. 그때의 나도 무언가를 기다리고 있었던 걸까. 어쩌면 그때야말로, 정말 더 많은 것을 기다리고 있었을지도 모르겠다. 앞으로의 삶을 한 치도 예상할 수 없었던 시기였기에, 커다란 불안함만큼이나 수많은 내일에 대한 기다림이 있었을 테고, 어쩌면 그 기다림이 나를 또 살아가게 했을지도 모르겠다.

우리는 매일, 기다렸던 내일을 하루씩 지워간다.

수많은 내일이 조금씩, 수많은 어제로 변해간다.

그 과정을 통해, 수많은 내일을 겪어내며, 우리는 배워간다. 그렇게 기다렸던 내일이, 꼭 내가 원하고 바랐던 그 모습 그대로의 내일은 아니라는 것을. 그렇게 기다렸건만, 내가 원하지도 않았던 내일이 찾아오기도 하고, 나는 상상도 못 했던 내일이 찾아오기도 하며, 견딜 수 없을 만큼 싫어서 빨리 지나가 버리길 바라는 내일이 찾아오기도 한다는 것을 배워간다.

그런데 희한한 건, 그럼에도 우리는 기다림을 멈추지 않는다는 거다. 점심시간을 기다린다. 퇴근 시간을 기다린다. 주말을 기다리고, 좋은 날씨를 기다리고, 주문한 택배를 기다린다. 약속 시간보다 먼저 도착해 카페 문이 열릴 때마다 고개를 빼꼼하며 연인을 기다리기도 하고, 고심고심 선물을 고르며 소중한 사람의 생일을 기다리며, 전화기를 손에 꼭 쥐곤 누군가의 전화를 기다린다. 영화관에서 팝콘을 사기 위해서도, 은행에서 이율이 조금 더 높은 적금에 가입하기 위해서도, 소문난 맛집을 어렵게 찾아가서도, 번호표를 손에 꼭 쥐곤 내 차례가 오기를 기다린다. 매일 스케줄표를 열어보며 아직도 한참 남은 여름휴가를 기다리고, SNS에 사진과 글을 올리곤 틈이 날 때마다 들어가 보며 하트와 좋아요를 기다린다. 그렇게 작은 기다림들을 끊임없이 만들며, 작은 기쁨들을 하나씩 쌓아간다. 내가 혹시 그 작은 기쁨들을 잊고, 그 작은 기다림들에 소홀해질까 봐, 아이폰마저도 내게 알림을 준다.

"새로운 추억이 있습니다."

분명 과거의 사진들인데도, 아이폰은 내게 '새로운 추억'이 있다며, 지난날의 작은 기쁨들을 보여준다. 기쁨들만 모아서, 보여준다. 그럼 또 나는 마치 최면에 걸린 듯, 착각인지 아닌지 모를 혼잣말을 내뱉는다.

'나, 되게 행복한 사람 같다.'

어쩌면 그래서인지도 모르겠다. 끊임없이 실망하고 상처받고, 아무리 기다려도 내가 기다렸던 내일은, 그 모습 그대로 나타나진 않으리라는 걸 알면서도, 우리는 기다림을 멈출 수 없다. 어쩌면 우리는 정말, 우리 삶의 대부분의 시간을, 기다림으로 채우고 있는지도 모른다. 그래야, 견딜 수 있으니까. '나도 실은 꽤 행복하게 살았나 봐.' 그렇게 또 미뤄둘 수 있으니까.

좀처럼 찾아오지 않는 내가 원하는 내일을 기다리는 데 지쳐서, 그러다 깜빡 내가 정말 기다리고 있는 것은 무엇인지도 잊어버린 채, 어제의 기쁨까지 끌어모아 그게 마치 또 새로운 추억인 듯 나를 달랜다.

달랠 만큼 달랬으니 이제 자야지. 휴대폰을 방해금지 모드로 바꾸고 다시 잠을 청한다. 눈을 꼭 감고 잠을 청한다. 저구석 어딘가에서 스멀스멀 올라오는 질문, 내가 지금 정말 기다리고 있는 것은 무엇인지에 대한 질문은 모른 척하려 애쓰며, 잠을 청한다.

우리는

불쌍하지 않아요

"쉽게 누군가를 불쌍하다고 말하는 사람들, 진짜 짜증 나!"

만화 《바닷마을 다이어리》의 주인공 소녀 '스즈'가 말했다. 꽤 오래전에 본 장면인데, 오늘 문득 떠올랐다. '1권이었더라, 2권이었더라?' 그 장면만 찾아보려고 했던 건데, 나는 결국 책장 앞에 주저앉아 1권부터 다시 읽고 있었다.

아직 병명을 모를 때, 나는 분명 이런 말들에 상처를 받았다. "니도 그래, 남들도 다 그래. 피곤하면 누구나 다 그러는 거 아냐?"

그런데 병명을 알게 된 후,
많은 사람들이 나에게 친절해졌다.

가장 큰 변화는 역시, 병원에 갈 때였다. 나는 이제 병원에 가도, "그냥 좀 쉬면 될 것 같은데…. 동양 사람들 중엔 입 자주 허는 사람들 많아요." 이런 심드렁한 대우는 받지 않는다. 꼭 구내염과 베체트 관련 병원에서만 그런 것도 아니다. 그전에는 정형외과에 가도 엑스레이를 찍어봤자 나오는 게 별로 없으면, "소염제 처방해 드릴게요. 물리 치료나 받고 가시죠." 의사와의 면담 시간은 1, 2분 내외로 끝나곤 했다. 그런데 얼마 전, 엄지손가락 아래쪽에 통증이 너무 심해서 손을 거의 움직일 수 없는 정도가 되어 정형외과에 갔는데, 역시 엑스레이 상으론 아무 이상이 없었다. 그런데도, 복용 약을 물어 와서 베체트 의증 환자라는 걸 밝히자, 의사 선생님은 굉장히 친절해지셨다. 베체트 환자들은 이유 없이 아플 때도 많으니까, 이렇게 심해질 때까지 참지 말고 그냥 조금만 아플 때도 와서 물리 치료를 받으라고 하셨다. 그러면 또 며칠은 괜찮을 테니까, 괜히 아픈 거 참지 말라며 몇 번이나 친절하게 말씀해주셨다. 아직도 병원에서 이렇게 친절한 대우를 받는 것이, 어쩐지 낯설다. 병명을 모를 땐 어떤 병원에 가도 별것도 아닌 일인데 그걸 못 참고 쪼르르 병원에 달려온 건강염려증 환자가 된 듯한 기분이 들었는데, 이젠 어떤 병원에 가도 참지 말라는 얘기, 조금만 아파도 언제든지 병원에 오라는 얘기를 듣는다. 약국 선생님들은 이제 격려와 응원의 말도 건네주시고, 비타민 음료도 서비스로 주신다.

치료약은 아직 없어서 완치가 없는 병이긴 하지만, 그래도 병명을 알게 된 후 증상 완화에 도움이 될 수 있는 약을 꾸준히 복용하고 있기 때문에, 실은 그전보다 훨씬 덜 아프다. 통증의 강도로도 그전처럼 끝 간 데 없이 심한 날은 드물고, 통증이 찾아오는 횟수도 예전보단 줄었다. 그러니 병명을 알게 된 후 나는 훨씬 더 쾌적한 삶을 살고 있는데, 세상은 오히려 지금의 나에게 더 관대하고 친절해진 거다.

의료관계자들뿐 아니라 일상에서 만나는 사람들도 이제는 내게, "나도 그래, 남들도 다 그래." 이런 말은 하지 않는다. 오히려 나의 통증을 기본값에 두고, 배려해주는 사람들이 더 많아졌다. "너는 천천히 먹어." 여러 명과 식사하는 자리에서 내 음식을 따로 챙겨주고, "너는 무리하지 마." 내가 조금이라도 지쳐 보일 때면 먼저 쉬게 해주고, "너는 스트레스 받으면 안 되니까…." 가까운 친구의 우는소리조차 줄어들어 가끔은 섭섭할 지경이다. "야! 나 예전보다 훨씬 덜 아파. 너무 배려하지 말아 줄래? 나한테도 우는소리 안 하면, 너는 누구한테 얘기해! 나는 누구랑 말하니? 안 그래도 친구 별로 없는데!" 가끔은 나에게도 너의 힘든 얘길 해달라며 애원을 해야 할 지경이다.

　　그러니 나는, 통증도 줄었고 세상도 나에게 훨씬 친절해졌으니, 지금은 그냥 내 관리만 잘하면서 평온하게 지내면 될 것 같은데, 역시 나는 삐뚤어진 아이인가 보다. 자꾸만 고개가 갸웃, 어쩐지 불쑥불쑥 찜찜한 기분이 사라지지 않았다.

　　"어우, 그렇게 어떻게 사니?"

상처 부위에 매운맛이 살짝 닿아서 잠깐 멈칫, 인상을 조금 찌푸렸을 뿐인데, 이상하다…. 원래 추위를 많이 타는 편이어서 4, 5월까지도 히트텍을 입고 여름에도 주로 얇은 긴팔을 입긴 하는데, 어쩐지 조금 쌀쌀해 주섬주섬 가방에서 머플러를 꺼내 목에 둘렀더니, "추우세요? 지금 추워요? 어우, 정말 힘들겠어요. 그렇게 어떻게 사세요?" 관절 부위에 이따금씩 통증이 있어서 조금이라도 불편한 기색을 보이면, "아파?", "아니 아니, 괜찮아요." 손을 저으며 연신 부정을 해보아도, "아이고, 진짜…." 큰 한숨을 지으며 나를 바라보는 상대방의 눈빛이 영….

'어우, 그렇게 어떻게 사니?'

도대체 이런 말엔 어떻게 대처해야 하는 걸까? '그 정도는 아닌데 말입니다.' 정색을 할 수도 없고, '걱정해주셔서 감사합니다.' 그러기엔 내 기분이 또 그런 게 아니고, 그러니까 말이다. 내 기분은 도대체 왜 이런 걸까? 예전엔 "사람이 어떻게 이러고 살아요!" 내 통증을 알아봐 준 의사의 말에 눈물까지 찔끔 흘려대며 위로받았으면서, 이제는 그 말이 왜 이렇게 불편한 걸까? 예전엔 "나도 그래, 남들도 다 그래." 그 말이 그렇게 싫었으면서, 이제는 '나는 안 그런데, 너는 정말 힘들 겠다. 그렇게 어떻게 사니?' 나의 통증을 특별 대우해주는 것 같은데, 왜 이렇게 마음이 개운하지 않은 걸까? 이래도 싫고 저래도 싫은, 나는 정말 삐뚤어진 아이인 걸까?

그래서 '스즈'가 떠올랐나 보다.
내 마음을 알아줄 사람이 필요했다.
내 기분을 이해해줄 사람이 필요했다.

만화 《바닷마을 다이어리》의 주인공 소녀 스즈는, 불쌍하 단 말을 참 자주 들어야 했다. '엄마도 아빠도 죽어서 불쌍하 구나, 형제자매도 없으니 외롭겠구나, 정말 불쌍해, 아우 불쌍 해라.' 하지만 스즈는 그 말이 싫었다.

"난 형제자매가 없어서 외롭다고 생각해본 적도 없고, 아 빠 엄마가 죽은 건 분명히 슬펐지만 그래서 내가 불쌍하다고 는 생각해본 적 없었는데…."
다른 사람들이 그렇게 말하니까 처음으로 '내가 불쌍한

거구나', '다들 그렇게 생각하는구나'를 알게 됐다는 스즈.

"아, 그거 뭔지 알아! 나도 친척 아줌마가 불쌍하다고 펑펑 우는 걸 보고 그런 생각 했었어."

축구 선수가 꿈이었지만, 다리를 다쳐 축구를 계속할 수 없게 된 만화 속 소년이 말했다. "그때 정말 화가 나서 울컥했다니까. '당신한테 그런 소리 들을 만큼 안 불쌍하거든요.' 하고 말할 뻔했다니까."

"쉽게 누군가를 불쌍하다고 말하는 사람들, 진짜 짜증 나!"

스즈의 말에 소년은 웃으며 대꾸한다.

"그렇지? 어쩐지 위에서 내려다보는 느낌. 자기가 무슨 신이라도 되는 것처럼."

스즈의 표정도 밝아졌다.

"바로 그거야!"

두 사람은 이후 깔깔거리며, 일상의 대화를 이어간다. 소년은 새로운 재활 치료에 대한 이야기를, 소녀는 지금 함께 살고 있는 이복자매 언니들에 대한 이야기를. 그렇게 두 사람의 일상은 계속되고 있었다. 어디 가서 '나는 행복합니다!' 소리를 지를 만큼 아무 걱정 없는 대단히 행복한 삶을 살고 있는 것도 아니지만, 그렇다고 "아우, 불쌍해라." 이런 얘길 들을 만큼 대단히 불행하지도 않은, 그 사이 어딘가의 일상을 계속 살아가고 있었다.

누구나 그렇지 않을까? 대부분의 삶이 그렇지 않을까? 나도 그렇다. 모두가 부러워할 만큼 대단히 행복한 삶도, 모두의 동정을 받을 만큼 대단히 불쌍한 삶 아닌, 그 사이 어딘가에서 살고 있다. 조금 행복한 날도 있고, 조금 우울한 날도 있고, 조금 쾌적한 날도 있고, 조금 불편한 날도 있고, 컨디션이 좋은 날도 있고, 그렇지 않은 날도 있고…. 그 사이를 왔다갔다 하며, 우리는 모두 각자의 일상을 살아가고 있는 거 아닐까.

멀리서 보면, 참 쉽다.
부러워하기도 쉽고, 불쌍해하기도 쉽다.

"어우, 그렇게 어떻게 사니?"
참, 쉬운 말이다.

그런데 저는, 죄송합니다만, 그럭저럭 '잘' 살고 있답니다. 엄마 아빠를 잃었지만 새로운 가족을 찾은 만화 속 스즈처럼. 다리를 다쳐 더 이상 축구는 할 수 없게 됐지만 새로운 일상을 시작한 만화 속 소년처럼. 그리고, 어제는 조금 우울했지만 오늘은 또 그럭저럭 괜찮은 하루를 보낸 당신처럼.

우리는 모두, 불쌍하지 않으니까요.

현관문을 열자마자,

"아우, 나 아파!"

넌자는 쩌렁쩌렁한 목소리와 함께 우리집으로 입장, 내게 혀를 쏙 내밀어 보였다.

"보여? 혓바늘 돋은 거?"

혀 앞쪽에 삐쭉, 뭔가 돋은 게 보이긴 했다.

"아우, 오늘은 가라앉을 줄 알았는데! 어떡해야 하니?"

나도 모르게 웃음이 터졌다. 조금 놀려주고 싶어졌다.

"내 것도 보여줄까?"

"아우 야, 그건 반칙이지!"

참 희한하다. 나는 이쪽이 더 마음이 편하다. 언젠가 이런 얘기 들은 적이 있다. 너는 원래 슬픔으로 태어났기 때문에, 조금 덜 우울하고 조금 더 우울한 차이만 있을 뿐, 우울이라는 감정 자체가 낯선 것은 아니라서 오히려 그럭저럭 잘 견딜 수 있는 거라고. 하지만 기쁨으로 태어난 사람들에게 어느 날 우울이 찾아오면, 그 감정 자체가 낯설기 때문에 어찌할 바를 몰라 더 힘들 수밖에 없는 거라고. 슬픔이의 삶에는, 이런 장점이 또 있는 거다. 나는 그 정도의 혓바늘 한두 개는 전혀 아프지 않다. 그저 조금, 불편할 뿐.

"나 뭐 해야 돼? 어떡해야 돼?"

닌자에게 몇 개의 약을 쥐여 주며 "넌, 이 정도면 내일 나을 거야." 했더니, 닌자는 또 금세 표정이 밝아져선, "오오케이! 아우, 근데 지금 너무 아파!" 나에게, 혓바늘 투정을 한다. 그럼 또 나는 놀려주고 싶어져서,

"내 것도 보여줄까?"
"아우 됐어! 그건 반칙이지."

그런데 나는 이쪽이 훨씬 더 마음이 편하다. "어우, 그렇게 어떻게 사니?" 이런 말을 듣는 것보다 이쪽이 훨씬 더…. 우리는 서로, 알고 있으니까. 내 삶에는 이런 고충이 있고, 너의 삶에는 또 다른 고충이 있고, 내 삶에는 이런 장점이 있고, 네 삶에는 또 다른 좋은 점이 있고. 그래서 우리는, 서로를 불쌍해하지도, 마냥 부러워하지도 않으며, 이렇게 깔깔거릴 수 있는 거다.

"내 것도 보여줄까?"

"아우, 됐다니까!!"

여기는
그곳이 아니다

영화 〈올드보이〉와 달리,

원작인 만화 《올드보이》에서

범인이 주인공을 가둔 이유는, 그다지 극적이지 않다.

'고작 저런 이유로

그렇게 오랜 시간 사람을 가둔다고?'

누군가에겐 전혀 공감이 안 될지도 모를,

어찌 보면 굉장히 소소한 이유.

초등학교 시절 주인공인 고토는,

음악 시간 친구의 노래를 듣다 눈물 한 방울을 흘렸을 뿐이었다.

그때 노래를 부르고 있던 학생 카키누마는 왕따였다.

모두가 그의 노래를 비웃고 조롱하는데,

고토만은 그러지 않았다.

진지한 표정으로 노래를 듣다, 눈물 한 방울을 흘린 것이다.

이것이 전부다.

카키누마가 고토를 가두고 복수를 하는 이유.

'지금 나를 비웃고 있는 저 멍청이들은

어차피 나를 곧 잊어버릴 테지만,

나의 숨겨진 본심,

외로움과 비참함을 눈치챈 고토만은 나를 영원히 기억하겠구나.'

카키누마는 그 순간,

참을 수 없는 수치심을 느꼈던 거다.

누군가에겐 전혀 공감이 안 될지도 모를, 소소한 이유.

그런데 나는 오히려,

그래서 이 만화가 더 무서웠던 것 같다.

한 사람의 삶에 이토록 깊은 영향을 주는 상처가,

이렇게 극적이지 않은, 어찌 보면 너무나 소소한,

아주 작은 사건에서도 출발할 수 있다는 것이, 두려웠다.

엄청난 반전과 극적인 사건보다도

어쩌면 이것이 더, 우리의 현실에 가까우니까.

아마도 누구에게나

이상할 만큼 선명한 기억 하나쯤은 있을 것이다.

자꾸만 생각나고, 또 생각나는 그곳이 있을 것이다.

어제의 일은 가물거려도,

오래전 그 일은 이상하게 모든 것이 선명하다.

내가 서 있는 그곳의 날씨와 색감,

사람들의 표정과 공기의 냄새까지도 선명하게 떠오른다.

영화나 드라마에 나올 법한 극적인 사건이라도 펼쳐졌다면

오히려 이해하기 쉬울 것 같은데,

왜 내가 자꾸만 그곳으로 돌아가 가만히 서 있는지

나조차도 납득이 되지 않아,

누구에게도 쉬이 터놓고 말할 수 없었던, 내 안의 깊은 기억.

그런데 문제는,

아무리 그곳으로 돌아가고 또 돌아가도,

나는 아무것도 할 수 없다.

이미 지나간 과거의 기억에서

내가 변화시킬 수 있는 것은 아무것도 없다.

어쩌면 그래서일지도 모르겠다.

"어떻게 시작되었죠?"

"……."

"어떻게 시작됐나요?"

"……."

"입에서 쓴맛이 났죠? 아드레날린이에요."

끊임없이 그때 그 장소로 돌아가는

어떤 드라마 속 주인공에게 상담의가 물었다.

입안에서 쓴맛이 느껴지는 것을 시작으로

땀이 나고, 점점 숨을 쉬기 힘들 정도로

가슴이 조여오지 않았냐고.

그가 받은 진단명은 그 유명한 PTSD.

그냥 '트라우마'라고도 불리는, 외상 후 스트레스 장애였다.

드라마, 특히 미국 드라마에 워낙 자주 등장하는 말이고,

나와는 크게 상관없는 이야기라,

그냥 흘러가는 대로 이야기를 따라가고 있었을 뿐이었는데,

다음 장면에서 나는, 나도 모르게 일시 정지 버튼을 눌렀다.

의사가 말했다.

"당신이 해야 할 일은 기억하는 겁니다."

잊었을 리가 없지 않나….

못 미더워하는 그의 표정을 읽고, 의사가 다시 말했다.

"아니요. 경험하는 게 아니라, 기억해야 합니다.

당신은 지금 끊임없이 그 상황을, 다시 경험하고 있으니까요."

정지된 화면 위의 자막을 한참이나 바라봤다.

그렇게 한참을 바라보고 나서야, 깨달았던 것 같다.

나와는 전혀 상관없는 단어라고 생각했는데,

그랬던 거구나. 나 또한 그랬던 거구나.

드라마 속 주인공처럼

숨을 쉬기 힘든 발작을 겪는 정도까지는 아니어도,

만화 《올드보이》의 범인처럼

극단적인 선택을 하는 정도까지는 아니어도,

어쩌면 우리도 모두,

누구나 하나쯤은,

트라우마를 갖고 있을지 모른다.

그건 아주 소소한 사건.

전혀 극적이지 않은, 아주 작은 균열이었을지도 모른다.

그래서 나조차도 깨닫지 못했던, 나의 트라우마.

하지만 그 상황은 끊임없이 반복된다.

아무것도 할 수 없고,

아무것도 변화시킬 수 없는 그곳에서의 나는,

그저 가만히 서 있을 수밖에 없는, 한없이 무력한 존재.

그렇게 나는 점점 더 작아지고 점점 더 무력해진다.

기억이 그저 재생되고 있는 것이 아니었으니까.

과거의 그때로 돌아가

그 상황을 겪고 또 겪으며, 나는 과거 속을 살고 있었던 거니까.

그 과거에서 빠져나오기 위해선,

잊으려고 애를 써야 하는 게 아니었다.

생각을 떨쳐버리려 기를 쓰고 노력해야 하는 게 아니었다.

정답은 오히려 굉장히 단순한 곳에 있었다.

그저, 기억하기.

오늘은,

지금의 나는,

지금의 이 상황은 과거가 아니기에,

내가 할 수 있는 일이 있다는 것을,

내가 바꿀 수 있는 것 또한 있다는 것을,

지금 이곳에서의 나는,

한없이 무력한 존재가 아니라는 것을,

가만히 서 있지 않아도 된다는 것을 잊지 않기 위해,

내가 해야 할 일.

그건 그저, 기억하는 것이었다.

과거의 일이다.

지나간 일이다.

지금은 그때가 아니다.

여기는, 그곳이 아니다.

"경험하는 게 아니라, 기억해야 합니다.

당신은 지금 끊임없이 그 상황을, 다시 경험하고 있으니까요."

잊지 않아야겠다고 생각했다.

또 상처받을까 봐 두려운 마음이 들 때,

또 실패할까 봐 불안한 마음이 고개를 내밀 때,

그래서 아무것도 할 수 없을 것 같은 무력함이 찾아올 때,

내가 꺼내 보아야 할 그 말을, 잊지 않아야겠다고 생각했다.

최소한 나도
양심은 있으니까

"그리고, 제가 병원을 그만두게 됐어요."

의사 선생님 말에, 순간 나의 뇌가 멈췄다. 선생님은 그 뒤로도 뭔가를 한참 말씀하셨는데, 나는 너무 당황해서 아무 말도 못 하고 한참을 듣다 고작 내뱉은 말이라는 것이, "그럼 개업하세요?" 그건 아니고, 개인적인 사정으로 당분간 좀 쉴 것같다는 선생님 말에 나는 다시 멍해졌다. 그러다 내 평생 처음으로 이런 말이, 내 입에서 흘러나왔다.

"선생님, 실은 제가 작가인데요⋯."

지금 생각해도 얼굴이 화끈거린다. 나는 나를 모르는 사람에게, 내 입으로 먼저 작가라고 말해본 적이 없다. 그런데 지금 나를 더 당황스럽게 하는 것은, 진료실을 나와 수납을 하고 처방전을 받고 나와서 약국에 앉아 기다리는데, 어쩐지 울 것 같은 기분이 들었다는 거였다. 그리고 실제로, 울었다.

모임이 있어 바로 친구네로 향했는데, 현관문을 열자마자 친구는 내 얼굴을 보곤,

"너 표정이 왜 그래? 무슨 일 있었어?"

뭔가 대답을 하려고 입을 떼자마자, 내 눈에서 눈물이 또르르.

"왜, 왜, 무슨 일이야?"

병원 갔다 온다던 애가 갑자기 우니까, 친구가 놀란 것도 이해는 됐지만,

"아니야, 아니야. 나 아픈 거 아니야."

일단 친구를 안심시켜야 한다는 것도 알았지만,

"근데, 왜 그래!?"

그다음 말을 하려고 하면 자꾸만 눈물이 나려고 해서,

"아니야, 아니야. 그런 거 아니고, 잠깐만."

그 뒤로도 나는 한참이나 휴지를 코에 꽂고 앉아 있었다.

친구 2, 3, 4도 차례로 도착했는데, "세형이 왜 이래?", "나도 담당 선생님이 그만뒀다는 것밖에 몰라.", "세형이가 그동안 그 선생님에게 의지를 많이 했던 거니?", "그래도 그게 울 일은 아니지 않니? 우리가 모르는 다른 이유가 있는 거 아닐까?", "세형이 저러는 거 처음 보는 거 같은데….", "그러니까, 지금 이게 울 일은 아닌 거 맞지? 그럼 세형이 왜 저러는 거야."

웅성웅성, 수군수군. 친구들은 당황해하고, 나는 내 마음을 모르겠고, 입만 떼려고 하면 눈물이 날 거 같아서 무슨 말도 못 하겠고, 하지만 한편으론 이게 무슨 시트콤 같은 상황인가 싶어 좀 우습기도 하고, 그렇게 한바탕 소란스러운 오후가 지나가고 있었다.

며칠이 지나도, 어쩌면 아직까지도, 그때의 내 마음은 나도 잘 모르겠다. 다만 다음 날 아침 눈을 떴는데, 창피했다.

"선생님, 실은 제가 작가인데요…." 아우, 내가 내 입으로 무슨 소리를 한 거야. '책을 쓰는 작간데, 그래도 아주 무명은 아니고…. 통증이 심해지면서 한동안 슬럼프였는데, 다시 글을 쓰기 시작했고….' 얼굴이 화끈거린다. '아마도 몇 달 안에 새 책이 나올 텐데, 실례가 안 된다면, 주소를 알려주시면, 제가 보내드려도 될까요….' 구구절절 구질구질하게 내가 무슨 짓을 한 건가. 아무리 생각해도, 그 순간의 나는, 내가 아닌 것만 같았다.

왜냐면 나는, 지나치다 싶을 만큼 포기가 빠른 사람이다. 특히 관계, 인연, 이별에 있어서 언제나 포기가 빨랐다. 충분히 생각해봤고, 내가 납득할 만한 상황이고, 어차피 어쩔 수 없는 일이라면, 여기서 안녕. 어떤 관계가 종료됐다는 결론이 나면, 나는 늘 쉽게 포기하는 쪽이었고, 어떻게든 그 인연을 이어나가 보려 내가 먼저 아등바등 애를 썼던 적은 없었다. 한참의 시간이 흐른 후, 문득 그 사람이 그리운 날이 있어도,

내가 먼저 연락하는 일은 없었다.

그랬던 내가, 연인도 아니고 친구도 아니고 심지어 사적인 대화 한번 나눠본 적 없는 누군가에게 이런 마음이 생긴다는 것이 너무 이상했다. 나는 병원에서도 말이 많은 환자가 아니다. 사적인 얘기는 전혀 하지 않는다. 베체트 진단을 받고 2년 동안, 두 달 혹은 석 달에 한 번씩 병원에 다니면서 선생님과 내가 나눴던 대화는, 최근 발현된 증상이 없는지, 약의 부작용이 없는지, 점검하는 게 다였다. 나는 선생님의 수많은 환자 중에 한 명이었을 뿐이고, 나 또한 그 선생님이 아니어도 다른 선생님에게 혹은 다른 병원에서 처방을 받거나 혈액검사를 받아도 내 삶에는 아무 지장이 없다. 게다가 이 병원은 특별히 다른 증상이 나타나지 않을 때 기본적인 관리 정도만 하는 병원이고, 새로운 증상이 나타나면 어떤 병원에 어떤 선생님을 찾아가야 하는지도 이미 다 알고 있었기 때문에, 그 선생님의 말처럼, "세형 씨 그동안 고생 많이 한 건 알지만, 이게 진단이 어려운 병이라 그렇지, 이젠 아니까 제가 없어도 크게 걱정 안 해도 되는 거 알죠?" 나는 정말 걱정할 필요도 없었다. 논리적으론 그렇다. 그러니 나는 이 이별도 예전처럼,

'어쩔 수 없는 일이니까요, 그동안 감사했습니다. 그럼 이제 안녕히.' 이렇게 끝냈어야 하는 건데, 나는 그러지 못했다. 구질구질하게 내가 누군지를 밝히고, 주소를 물어보고, 그러고도 슬픈 마음이 사라지지 않아 친구들 앞에서 훌쩍거리기까지.

물론 그 선생님은, 내 통증을 처음으로 진지하게 받아들여 줬던 의사였고, "세형 씨 몸 안에 그 인자가 있어요." 베체트 진단을 해주신 분이다. 친구의 표현에 따르면 "너를 꽃으로 만들어주신 분이구나? 내가 너의 이름을 불러주기 전에는, 너는 다만!" 그러니 무척 감사한 분인 건 맞지만, 그럼에도 내가 그동안 숱하게 흘려보낸 쉬운 이별들과 비교해보면, 어쩐지 그것만으론 내 마음을 설명하기에 부족했다.

나이 들면 눈물이 많아진다는데, 나도 이제 늙었나. 일상의 작은 변화도 두려운 나이가 됐나. 너무 예상치 못한 이별 통보를 받아서 그런가. 그동안 고생했던 게 갑자기 밀려와서 그런가. 내가 생각보다 이 선생님을 많이 좋아했나. 어쩌면 그 모든 게 다 합쳐진 결과일 수도 있지만, 솔직히 말하면 나조차도 잘 모르겠다. 어쩌면 지금의 내 마음은, 내가 아무리 설명하려 애써도, 누군가는 심지어 나조차도 완전히 이해하기 어려울 수 있다. 당황스럽고 쓸쓸한 동시에, 어쩐지 미안한, 이 마음은 말이다. 자꾸만 미안했다. 내가 아주 쉽게 포기해버린, 혹은 포기해버리려 했던 이별들에게 미안했다.

어렸을 때부터 몸이 약한 아이였기 때문에, 나는 내가 아주 오래 살 거라 생각해본 적이 없다. 그렇다고 진지하게 죽음을 준비하며 산 것도 아닌데, 그냥 자연스럽게 막연하게나마, 나는 내가 아는 사람들 가운데 비교적 빨리 먼저 떠나게 될 거라 생각했다. 어쩌면 그래서 더 이별에 무덤덤했던 것 같다. 어쩔 수 없는 일이잖아. 늘 그랬다. 나이가 좀 들어서부터는, 이젠 내일 죽어도 별로 이상할 게 없다는 생각도 했다. 별로 아쉬움도 없었다. 내 욕망이 그다지 다채롭지 않아서인지, 하고 싶은 것도 거의 다 해본 것 같고. '이 아이는 건강하게만 자라면 됩니다'라는 얘기를 듣던 병약했던 아이가, 마흔 넘어서까지 잘 살고 있으니 어쩐지 이제부터의 삶은 덤인 것 같다는 생각도 들었다. 그러니 통증이 너무너무 심했던 몇 해 전에는, 완치가 없는 병을 앓고 있는 환자들의 안락사에 대한 욕망도 어렴풋하게나마 이해가 됐다. 그땐 아직 병명을 모를 때였으니, 나아질 리 없는 이 통증을 계속 가지고 살아가는 것에 대해 꽤나 쉬운 포기를 염원하기도 했다.

그 시기를 다 흘려보내고, 나는 지금 그때에 비하면 훨씬 더 쾌적하고 마음도 건강한 하루하루를 보내고 있다. 그리고 정확히 언제부터였는지는 모르겠지만, 나는 꽤나 노력도 하며 살고 있다. 가능한 한 덜 아프게, 가능한 한 오래 살기 위해, 약도 잘 챙겨 먹고, 밥도 잘 챙겨 먹고, 마음도 잘 챙기려 애쓰며 살고 있다. 여전히 많은 게 귀찮긴 하지만, 그래도 사는 것을 귀찮아하지 않으려 애쓰며 나름 최선을 다하고 있는데, 아마도 그 시작은 미안함이 아니었을까 싶다.

"그러니까 이제 사는 거 귀찮다는 말, 하지 마. 너를 아끼는 사람들이 속상하잖아." 선배의 그 말이 시작이었을 수도 있다. 어쩌면 평소와 다른 지나치게 진지한 말투라 나를 더 당황하게 했던, 친구의 이 말이 그 시작이었을지도 모르겠다. "나보다 오래 살길 바라는 건 내 욕심일 수도 있겠지만, 그래도 나는 네가 가능한 한 오래 살아서 내 얘길 들어줬으면 좋겠어." 더해서 닌자의 채찍질 또한 나의 마음을 움직였다. "나

이러다 백이십 살까지 사는 거 아니냐?" 점집에서 보기 드물게 건강한 체질이라는 말을 들은 닌자는, 아주 깨끗한 건강검진 결과까지 받아들고 와서는, "근데 내가 지금 또, 더 건강하겠다고 이 더운 여름에 결명자차 끓여 먹고 운동하러 가고 있거든? 나 이러다 백이십 살까지 사는 거 아니냐? 벌써 외롭다." 타고난 재능에 노력까지 하니 너 이러다 백오십까지도 살겠다는 나의 말에, 닌자는 이렇게 답했다. "그러니까 네가 양심이 있으면 최소한 팔십까지는 나랑 놀아줘야 하지 않겠니? 저녁 먹었어? 빨리 일어나서 고기 구워. 너도 노력해!"

나와 아주 가까운 사람들, 내가 아주 좋아하는 사람들로 하여금, 이런 말을 하게 한다는 것이 어쩐지 미안했다. 내가 굳이 티를 내지 않았다 해도, 그들로 하여금 내가 포기가 빠른 사람이라는 것을, 이별을 아주 쉽게 생각하는 사람이라는 것을 눈치채게 했다는 것이 미안했다. 그래서 조금씩 조금씩 나는 노력이라는 것을 하고 있었다. 최소한 나도 양심은 있으니까, 나도 그들에게 받은 게 있으니까, 그 이상은 무리일지 몰라도, 어떻게든 팔십까지는 버텨봐야지. 그런 생각들을 하고 있을 때, 예상치 못한 곳에서 이별이 찾아왔다.

"그리고, 제가 병원을 그만두게 됐어요."

연인도 아니고, 친구도 아니고, 사적으로 친한 사이도 아니고, 그렇다고 이 선생님이 없으면 나의 치료가 이제 불가능한 것도 아닌데, 순간 나의 뇌가 멈췄다. 구질구질하게 내가 누군지를 밝히고, 주소를 물어보고, 그러고도 슬픈 마음이 사라지지 않아 친구들 앞에서 훌쩍거리기까지. "지금 이게 울 일은 아닌 거 맞지? 그럼 세형이 왜 저러는 거야?" 수군수군, 웅성웅성. 당황해하는 친구들을 보고 있는데, '아, 몰라!' 입을 뗄 수가 없었다.

이 작은 이별 앞에서도 이렇게 구질구질해진 내 마음을, 이 작은 인연을 떠나보내는 데도 이렇게 한없이 쓸쓸해진 내 마음을, 어떻게 설명해야 할지를 모르겠어서 나는 그냥 휴지를 코에 꽂고 앉아 있었다. 이별을 너무 쉽게 생각한 나의 이기적임이 미안하고, 그럼에도 웅성웅성 지금도 내 걱정을 해주며 나랑 놀아주고 있는 친구들이 고맙고, 하지만 창피하긴 창피하고….

모르겠다. 어쩌면 그냥 눈물이 많아진 나이가 됐는지도 모른다. 이별이 어려운 사람이 됐는지도 모르겠다. 아니 어쩌면 이별은 원래 이렇게 어려운 거였는데, 내가 그동안 너무 안이했던 걸지도 모르겠다. 하지만 끝내 나는 아무 말도 하지 못했다. 최소한 나도 양심은 있으니까, 더 노력할게, 라고 말하기엔 어쩐지 또 부끄럽고 맥락도 없고 아무도 이해할 수 없을 것 같아, 그 뒤로도 나는 한참이나, 휴지를 코에 꽂고 앉아 있었다.

10만 개의
구름방울

생각이 너무 많은 날에는, 글이 써지지 않는다. 할 말이 너무 많은 날에도, 글은 잘 써지지 않는다. 공기 중에 떠다니는 너무 많은 단어들. 내 주변을 뱅글뱅글 맴돌고 있는 단어들 중에, 무엇을 먼저 골라야 할지, 무엇을 먼저 집어야 할지, 손을 뻗었다 내렸다를 반복하느라, 거실을 벌써 몇 바퀴나 돌았는지 모르겠다. 이것도 운동이랍시고 책상 앞에서 일어나 거실을 뱅뱅 돌며 한참이나 단어들과 씨름을 하고 있는데, 창밖 세상 또한 답답하긴 마찬가지였다. 비는 안 오고 잔뜩 흐리기만 한 뿌연 하늘.

'한바탕, 소나기라도 쏟아지면 좋으련만….'

내 머릿속에서도 비가 내렸으면 좋겠다는 마음이 들어서였다. 가끔 그런 생각을 한다. 머릿속에 온통 제멋대로 흩어져 있는 단어들이 좀처럼 뭉쳐지지 않을 때, 글을 쓴다는 것 또한 비를 내리게 하는 일이 아닐까, 하는 생각. 공기 중에 떠다니는 수많은 구름방울들이 모이고 모여서 비를 만들 듯, 글을 쓴다는 것 또한 수많은 단어들과 생각들을 모아서, 흩어지지 않게 꾹꾹 눌러 단단하게 다져, 한 문장, 한 단락, 한 챕터…. 그렇게 비를 내리게 하는 일이 아닐까.

그런데, 도대체 얼마나 많은 구름방울들이 모여야 비가 될까? 책상으로 돌아와 한참을 찾아보다가, 괜한 짓을 시작한 것 같다는 기분이 엄습해왔다. 답을 알고 나자 머릿속이 개운해지기는커녕, 어쩐지 숙연한 마음까지 들었기 때문이었다.

0.2mm는 이슬비의 가장 작은 크기였다. 그보다 작은 구름방울은 낙하하면서 다시 증발해 흩어져버리기 때문에 빗방울이 될 수 없었다. 굵은 빗줄기, 한바탕 소나기도 아닌, '애개?' 싶을 만큼 시시한 이슬비. 그 이슬비의 아주 작은 빗방울 하나조차, 쉬운 일이 아니었다. 그 작은 빗방울 하나를 만드는 데도, 10만 개의 구름방울이 필요했으니까.

까만 아스팔트 위로 뚝, 떨어진 빗방울 하나.
나뭇잎 위로 뚝, 떨어진 빗방울 하나.
손바닥 위로 뚝, 떨어진 빗방울 하나.

그 작은 빗방울 하나하나가 모두, 10만 개의 구름방울이 수없이 흩어졌다 모아졌다를 반복하다, 어느 순간 비로소 서로를 단단하게 끌어안아 이뤄낸 성과라는 것이, 어쩐지 놀랍기도 하고 두렵기도 했다.

보잘것없어 보이는
그 작은 빗방울 하나하나가 모두,
기적처럼 느껴졌기 때문이었다.

언젠가 사람들이 제법 많은 술자리에 가만히 앉아 있는데, 이쪽을 봐도 고개를 돌려 저쪽을 봐도, 어쩐지 마음이 불편했다. 사연 하나 없는 사람은 없다고들 하지만, 어떻게 이렇게 안 힘든 사람이 하나도 없을 수 있을까? 머릿속에 물음표가 가시지 않아, 집에 오는 길 내가 아는 사람들을 아주 가까운 친구부터 조금씩 반경을 넓혀 하나씩 하나씩 떠올려 봤다. 그럼에도 물음표는 지워지지 않았다. 사연 하나 없는 사람, 상처 하나 없는 사람, 힘듦이 없는 사람은, 정말 하나도 없었다. 돈 때문에 몸이 부서져라 일을 하고 있는 친구, 돈은 있지만 건강이 문제인 친구, 어느 날 갑자기 모든 관계가 그렇게 자신의 세계가 무너져가고 있음을 느끼고 있는 친구, 나는 다 괜찮아도 아이가, 남편이, 부모님이…. 모든 것이 완벽한 사람은, 정말 하나도 없었다.

다들 어떻게 견디고 있는 걸까?

머릿속의 물음표는 자꾸만 늘어갔다. 잠들지 못한 채 한참을 뒤척거리며 내일이 오지 않기를 바라는 그 마음을, 길을 걷다가도 문득 일을 하다가도 문득 답이 없는 문제 속에 갇힌

듯 자꾸만 내쉬어지는 그 한숨을, 겨우 한고비 넘어온 것 같은데 또다시 시작되는 그 수많은 하루하루를, 다들 어떻게 견디며 살아가고 있는 걸까?

그때 또한 그 생각의 끝에서 나는 조금, 숙연해지고 말았던 것 같다. 그럼에도 그들 모두가 견디며 버티며 살아내고 있다는 것이, 그렇게 하루하루를 쌓아 자신의 삶을 이뤄가고 있다는 것이, 어쩐지 대견하고 기특해서,

그 모두의 하루하루가,
그 모든 이들의 삶 하나하나가,
기적처럼 느껴졌기 때문이었다.

처음엔 그저, 나의 아주 개인적인 투덜거림에서 시작된 생각일 뿐이었다. 수없이 흩어져 있는 작은 생각들과 단어들을 끊임없이 모으고 모아보지만, 어쩌면 내가 지금 쓰고 있는 글들 또한 '비가 왔었나?' 아무도 눈치채지 못하고 지나가 버릴 이슬비가 될지도 모른다는 두려움. 그 두려움을 조금 투덜거려보고 싶었을 뿐이었는데, 어쩐지 나는 조금 숙연해지고

말았다.

그 작은 이슬방울조차 쉬운 게 아니었으니까. 이 시시해 보이는 이슬방울 하나에도, 수많은 시간들이 담겨 있었으니까. 10만 개의 구름방울 하나하나가 수없이 흩어졌다 모아졌다를 반복해온, 그 수많은 지난 이야기가 담겨 있었으니까. 손가락 사이로 스르륵 빠져나가 버린 것처럼만 느껴졌던 수많은 하루하루가 누군가의 삶이 되는 것처럼, 이름 모를 풀 위에 맺힌 그 작은 이슬방울조차 쉬운 게 아니었다.

어쩐지 그 작은 이슬방울 하나하나에도 응원을 보내고 싶어졌다. 일을 하다 문득, 길을 걷다 문득, 나의 하루가 한없이 작게 한없이 초라하게 느껴져, 나도 모르게 한숨이 내쉬어지는 당신의 모든 시간에도, 응원을 보내고 싶어졌다. 버티듯 힘을 모아 애써 쌓아온 당신의 하루하루가, 당신의 삶이, 이미 기적이라고 말해주고 싶어졌다. 그래야 나 또한, 위로받을 수 있을 것 같았으니까. 당신을 향한 나의 응원이, 나에게도 위로가 되어 돌아와, 나 또한 한 발 한 발, 한 글자 한 글자, 나아갈 수 있을 것 같았으니까.

이제 곧
여름

　눈을 뜨자마자 가장 먼저 하게 되는 일은, 온 집 안의 창문을 활짝 여는 것이다. 침대를 정리하고, 커피를 내리고, 컴퓨터를 켜고, 스케줄표를 확인한다. 오늘 물 마셔야 하는 화분들을 체크한 다음, 온 집 안을 돌아다니며 물을 주고 분무를 하면서 오늘 새로 난 순들과 어제보다 조금 더 자란 여린 잎들을 확인한다.

참, 좋은 계절이다.

1월에 들어와서 무려 5개월 동안 새순도 없고 자라지도 않고 죽지도 않아, 플라스틱 조화인 줄만 알았던 칼라데아 오르비폴리아. 친구에게서 한번 뽑아 보라고, 뿌리에 '메이드 인 차이나'라고 적혀 있을지 모른다고 놀림받던 이 녀석조차, 무려 다섯 개나 새순을 뽑어내며 플라스틱이 아니었음을, 살아 있는 생명체였음을 인증하는 계절.

이 계절엔 도심에서도 작은 새들의 지저귐이 창밖으로 들려온다. 컴퓨터 앞에 앉아 있어도 자꾸만 고개가 창 쪽으로 돌아간다. 창 앞에 쪼르르 놓인 화분들, 바람에 가볍게 흔들리는 여린 잎들을 한참이나 바라보고 있자면, 새들의 지저귐보다 조금 더 씩씩한 아이들의 뛰노는 소리. 아주 멀리선 잡동사니가 가득 실린 트럭이라도 지나가는지 확성기로 진폭이 커진 어떤 아저씨의 목소리가 쉬지 않고 들려오는데, 무엇을 파시는지는 도대체 모르겠다.

참 좋은 계절이구나, 다시 한 번 생각하게 된다.

뉴욕이나 보스턴 같은 미국 동부를 배경으로 하는 드라마들을 보면 눈이 펑펑 오는 추운 겨울, 꼭 미국 서부에서 날아온 누군가가 등장한다. 1년 내내 해가 쨍쨍한 캘리포니아에서 온 그들은, 이 겨울이 너무 낯설고 싫어서, 진심이 가득 담긴 불만을 터뜨린다.

"여긴 너무 춥잖아요! 왜 꼭 사계절이 다 있어야 하죠?"

추위를 무척 많이 타는 나로서는, 그래서 겨울을 정말 싫어하는 나로서는, 이런 대사가 나올 때마다 웃음을 터트리며 격하게 공감하곤 했는데, 오늘 이 좋은 계절을 즐기고 있자니 정말 궁금해진다.

왜 꼭 사계절이 다 있어야 하죠?

언젠가 가까운 지인들과 도저히 한 끼에 다 먹을 수 없을 것 같은 갖가지 음식들이 끊임없이 나오는 남도식 한정식집에 갔는데, 나를 아주 잘 아는 친구가 떡갈비엔 손을 대지 않았다. 누군가 그 친구에게 왜 떡갈비는 안 먹느냐고 묻자, 이렇게 답했다. "세형이가 한 입 먹고 안 먹잖아. 맛없겠지. 다른 거 먹을 것도 많은데, 뭐." 그러곤 내 젓가락이 자주 가는 음식만 따라 먹던 친구. 나는 사실 그런 사람이다. 편식하는 사람. 온갖 종류의 음식이 즐비한 뷔페에 가도 결국은 내 입맛에 가장 맞는 한 음식으로만 배를 채우는 사람. 입안이 온통 헐어서, 무얼 먹어도 맛도 없고 아프기만 하고 도무지 식욕이 생기지 않던 몇 해 전 여름에는 한 달 내내 수박만 먹었다. 괜찮았다. 누군가는 점심에 아무리 맛있게 먹은 반찬이라도 저녁엔 손도 안 댈 정도로 매끼 다른 음식을 먹어야 한다고 하지만, 나는 내 입맛에만 맞으면 일주일도 열흘도 같은 음식을 먹을 수 있는 사람이다. 옷도 그렇다. 내가 편한 옷은 10년 20년도 입는다. 너무 낡아서 지인들로부터 '이제 이 옷은 버려야 할 것 같아'라는 소리를 들을 때까지도 질리는 법이 잘 없다. 기분전환을 위해 매일매일 매니큐어 색을 바꾼다는 (옷 색에 맞춰서. 그러니까 옷도 매일 다른 옷을 입는다는 거다!) 내 기준에선 지나치게 부지런한 지인도 본 적 있지만, 나는 깨끗하기만 하면 매일 같은 옷을 교복처럼 입을 수도 있다. (그러고 보니 교복은 참 편했구나. 아무도 나에게 다른 옷 좀 입으라고 잔소리하지 않았으니.) 물론 묘하게 까탈스러운 부분도 없지 않아서, 무언가가 내 마음에 아주 쏙 들기란 그리 쉽지 않지만, 일단 그 장벽만 넘어오면 나는 매일매일 그 무언가와 함께할 수 있는 사람이다. 그러니 다시 또 궁금해진다.

왜 꼭 사계절이 다 있어야 하죠?

그러게….
나는 오늘이 너무 좋은데, 내일은 오늘과 같지 않겠지.
내일, 모레, 글피.
매일매일이 오늘과 같을 순 없다.

꽤 여러 해 전, 아마도 이맘때였나 보다. 오늘처럼 좋은 계절이었다. 그리 덥지도 그리 춥지도 않았던, 적당한 바람과 적당한 습도, 그럴듯한 구름마저 하늘에 그려져 있던 아주 멋진 어느 일요일이었다. 그 친구는 오늘 꼭, 반드시, 한강에 가야겠다고 했다. '날씨도 좋은 주말이라 사람 엄청 많을 텐데….' 나처럼 평일과 주말이 별로 상관없는 직업군의 사람에겐, 주말 오후 사람 많은 한강은 매력적이지 않다. 하지만 단호한 그 친구의 말을 거절할 순 없었다. 북적이는 잔디밭 구석에 돗자리를 깔고 누워 흘러가는 구름을 한없이 바라보던 그날의 오후. 곧이어 오늘의 완벽한 날씨만큼이나 완벽한 석양이 찾아왔다. 저 멀리서부터 조금씩 구름 사이를 층층이 뚫고 붉어져 오는 하늘에서 눈을 뗄 수가 없어, 마치 그 북적이던 모든 사람들이 지워지고 커다란 유화 캔버스에 우리 두 사람과 하늘만이 그려져 있는 것 같았다.

참, 운이 좋았다고 했다.

일 년에 이런 날씨가 며칠이나 되겠으며, 그 며칠 중에 주말이 있을 확률이 얼마나 되겠냐며, 직장생활을 하던 친구가 말했다. 참, 운이 좋았다고. 이런 일요일 오후를 나와 함께 보낼 수 있어서, 참 운이 좋았다고.

하지만 오늘이 아무리 좋았다 한들, 아무리 내 맘에 쏙 들었다 한들, 내일은 오늘과 같을 수 없다. 그 친구는 내일 한강이 아닌 회사로 출근을 할 것이며, 몇 주가 지나면 가만히 앉아만 있어도 땀이 줄줄 흐르는 뙤약볕의 여름이 시작돼 한강은커녕 에어컨이 있는 실내로 실내로만 숨어다니게 될 것이며, 또 몇 달이 흐르면 아주 찰나의 가을을 지나 내가 그토록 싫어해서 그 친구 또한 싫어하게 된 추위가 찾아올 테니까. 그렇게 해가 바뀌고 시간이 흘러, 그리고 또 아주 운이 좋아 오늘과 같은 완벽한 날씨의 주말을 맞게 된다 해도, 내일은 오늘과 같을 수 없다. 그다음 해의 오늘엔, 우리가 함께 있지 않을 테니까.

몇 해가 흐른 이제야, 고개가 끄덕여진다. 참 운이 좋았다는 그 친구의 말에 이제야 답을 한다. 그러네, 그날 우리는 참 운이 좋았구나.

여전히 창을 향해 있는 나의 시선이, 여전히 흔들리는 여린 잎들 사이를 헤매고 있을 때, '딩동' 하는 벨 소리가 울렸다. 어젯밤 주문한 수박이 도착했다. 나에겐 올해 첫 수박이다.

참, 좋은 계절이다.

잘 익은 수박을 크게 한입 베어 물으며, 앙증맞은 하트 잎으로 요즘 나의 사랑을 독차지하고 있는 뮬렌베키아 에스토

니를 바라보는데, 가지 중간중간 뭔가 하얀색 점들이 보인다. 좀 더 가까이 다가가니 꽃이다. 조금 멀리선 눈치도 못 챌 정도로 아주아주 작은 하얀 꽃망울들. 너, 꽃도 피는 아이였니?

다시 한 번 수박을 베어 물으며 생각했다. 참, 좋은 계절이라고. 내일은 물론 오늘과 같지 않을 것이고, 나는 아직도 왜 꼭 사계절이 다 있어야 하는지, 왜 매일매일 다른 음식을 먹어야 하는지, 왜 매일매일 다른 옷을 입어야 하는지는 잘 모르겠지만, 올해의 첫 수박은 참 맛있었다. 운이 좋았다. 두 달 후면 이 맛이 또 그리워질 테니, 그전에 많이 먹어야지. 이제 곧 여름, 아니 어쩌면 이미 여름은 시작됐으니.

다섯 번째 집

첫 번째 집 ○ 일본 교토의 작은 방

이제 와 돌아보니, 그곳이 나의 첫 번째 독립공간이었던 것 같다. 이제 갓 서른이 됐을 때였는데, 그때의 나는 지금보다 훨씬 더 예민하고 훨씬 더 고민이 많았지만, 훨씬 더 나에 대해선 잘 몰랐다. 늘 생각만 넘치고 마음은 평온하지 못했던 시절.

이런저런 이유로 라디오 일을 쉬게 되면서 도망치듯 일본으로 건너가 3개월치 월세를 미리 내고 들어간 집. 집이라고 말하기에도 어쩐지 애매한, 작은 침대 하나에 작은 책상 하나가 빠듯하게 들어가는 아주아주 작은 방이었지만, 그래도 한쪽 구석으로 작은 싱크대와 작은 화장실까지 딸려 있는, 있을 건 다 있는 집이었다. 낮에는 매일 자전거를 타고 교토 시내를 돌아다니며 멍을 때렸다. 그렇게 표현할 수밖에 없는 것이, 모자란 체력 때문에 자전거를 타는 시간보다 자전거에서 내려 멍하니 무언가를 바라보는 시간이 더 많았기 때문이다. 음식점 앞 유리장에 진열돼 있는 플라스틱 음식들을 한참이나 바라보기도 하고, 케이크 가게 앞 가타카나로 적혀 있는 케이크 이름들을 더듬더듬 머릿속으로 읽어보기도 하고, 넓은 광장 한구석에 앉아 이런저런 사람들을 관찰하기도 하고, 좁은 오솔길 벤치에 앉아 이름 모를 나무들을 헤아려보기도 하고, 그랬던 것 같다. 그리고 해가 지면 집으로 돌아와, 이런저런 글을 끼적이다 잠이 들었다. 지금 돌아보면, 그때 교토 구석구석에서 멍하니 앉아 곱씹던 불안한 내 생각들과 그때 그 작은 방 안에서 끼적였던 설익은 글들이 내 첫 번째 책의 시작이었구나 싶어, 어쩐지 그 방을 다시 떠올리는 것만으로도 기분이 묘해진다.

　교토 시내를 돌아다니다 집에 가는 길, 동네 작은 화원 앞에 잠시 멈춰 서곤 했다. 화원 앞에 층층이 진열돼 있는 작은 화분들 중에서, 확인해야 하는 화분이 하나 있었기 때문이었다. '오늘도 여기 있구나, 아직도 주인을 만나지 못했구나.' 그 아이에겐 어쩐지 조금 미안한 일일 수도 있겠지만, 나는 이 아이가 아직 여기 있다는 게 반가웠다. 귀여운 잎사귀들 사이로 아직 덜 익은 푸른 토마토부터 이제 제법 제 색깔을 찾아가는 발간 토마토까지, 작은 화분임에도 열매가 대여섯 개나 열려 있는 토마토 화분이었다. 매일 한참이나 그 자리에 서서 몇 개 되지도 않는 열매의 숫자를 머릿속으로 세어보면서도, 차마 그 아이를 데려올 순 없었다. 3개월이라는 한정된 시간을 살고 있었기에, 나만 잠깐 좋자고 그 아이를 들일 순 없었으니까. 그런데 어쩌면 그게 시작이었는지도 모르겠다. '서울에 돌아가면, 토마토 화분을 키워야지.' 서울로 돌아오자마자 나는 다시 일을 구했고, 부모님 집으로부터 독립해 방을 구했다.

두 번째 집 ○ 여의도의 작은 원룸

두 번째 집은 교토의 방보다 아주 조금 더 큰 원룸 오피스텔이었다. 이사를 하고 일주일쯤 됐을 때부터 화분을 들였다. 교토에서부터 꿈꿔왔던 토마토 화분을 시작으로, 꽃이 예쁜 칼랑코에, 동네 화원에서 쉽게 볼 수 있는 호야나 행운목 같은 애들을 하나씩 들여오기 시작했다. 결론부터 얘기하면, 다 죽었다. 지금 생각해보면 너무 당연한 일이었다. 그때 나는 새벽 두세 시에 퇴근하는 라디오 밤 프로그램을 하고 있었기 때문에, 해가 뜨는 아침에는 잠을 자고 있었고, 오후 늦게 일어나 잠시 커튼을 열었을 뿐 이내 씻고 출근하면서 다시 커튼을 닫았으니까. 아주 잠깐 열리는 그 창이라는 것도, 보통 오래된 오피스텔에 있는 비스듬히 15센티 정도밖에 안 열리는 아주아주 작은 창이었는데, 그마저도 창문 건너편으로 손을 뻗으면 닿을 것 같은 다른 건물이 바짝 붙어 있어서, 거의 해가 들지 않았다. 심지어 방충망도 없어서 모기가 창궐하는 여름엔 그 15센티조차 열 수 없었으니, 환기도 안 되고 해도 안 드는 그런 집에서 대체 무슨 생각으로 계속 식물을 들였는지 모르겠다. 나에 대해서도 식물에 대해서도 아무것도 몰랐던 그때는, 열심히 죽이면서도 또 열심히 작은 화분들을 번갈아 들였다. 그 집에서 나는, 새벽 두세 시쯤 퇴근해 다음 날 라디오 원고를 준비하는 동시에, 작은 스탠드를 켜놓고 내 첫 번째 책의 교정을 봤다. 그러다 오른쪽으로 고개를 돌리면 창문 앞에 쪼르르 놓여 있는 시들시들한 화분들. 하루 종일 빛다운 빛을 보지 못했을 식물들에게 미안해서, 교정을 보다 스탠드를 돌려 화분 쪽으로 빛을 비춰주곤 했다. 그 새벽에 말이다. 밤에는 식물들도 자야 한다는 걸 몰랐으니까. (심지어 식물들이 좋아하는 파장이 나오는 식물등은 따로 있다는 것도, 그땐 몰랐다.)

세 번째 집 ○ 창을 열 수 있는 여의도의 작은 원룸

다음 집을 구할 때, 다른 조건은 없었다. 햇빛이 들어오고, 방충망이 설치돼 있어 활짝 열 수 있는 창이 하나라도 있는 집. (그리고 온돌이 깔린…. 그렇다. 심지어 이전 집은 온돌도 깔려 있지 않은, 히터로 난방이 되는 주거용이 아닌 사무용 오피스텔이었으니, 습도가 중요한 식물들에겐 정말 최악이었을 것이다.) 여의도에서 내 예산으로 구할 수 있는 원룸 중에 그 조건에 부합하는 오피스텔은 딱 하나뿐이었다. 당연히 인기가 많았고, 방이 쉽게 나오질 않았다. 부동산에서 방이 나왔다는 전화를 받고, 한 시간 만에 바로 계약을 했다. 너무 좋았다. 솔직히 여기서 평생 살 수도 있을 것 같았다. 다이소에서 천 원 주고 산 주먹만 한 호야와 산세베리아가 죽지 않고 잘 자랐다. 창문이라고 해봤자 내가 두 팔을 벌렸을 때의 길이 정도로 1미터가 조금 넘는 정도였고, 그조차도 반은 앞에 다른 건물이 막고 있어서 언제나 반쯤 커튼을 치고 있어야 했지만, 그래도 나머지 반 창 너머로는 한강도 보였다. 창 옆으로 책상을 놓고, 창문 앞에는 공간 박스들을 놓아 그 위로 작은 화단인 양 화분들을 키웠다. 그때 샀던 주먹만 한 산세베리아는, 그 후 세 번의 분갈이를 거쳐 지금은 중화분 정도의 크기가 되어 아직도 나와 함께 살고 있다. 그런데 그 집에서도 나는 꽤 많은 식물들을 죽였다. (호야와 산세베리아는 사실 웬만하면 안 죽는 아이들이라는 걸 나중에야 알게 됐다.) 그럼에도 나는 그 집을 좋아했다. (다른 식물들이 왜 죽는지는 몰랐으니까.) 나는 그 집에서 라디오 일을 그만두었고, 두 번째 책을 냈다. 방송국 일을 하지 않으니 더 이상 여의도에 살 필요가 없었는데도, 나는 그 집에 별 불만이 없었다. 우연찮게 지인의 집에 놀러 갔다가,

나보다 키가 큰 폴리셔스 화분을 보기 전까지는. '우와, 집 안에서 이렇게 큰 나무를 키울 수도 있는 거구나.' 굉장히 다른 세상을 본 기분이었다. '이런 나무가 집에 있으면, 밖에 나갈 필요가 없겠다!' (그즈음 나는, 나의 히키코모리 성향을 드디어 인정하고 받아들이기 시작했던 때라) 소파에 누워 책을 보다 고개를 들면 이렇게 크고 예쁜 나무가 서 있을 거라는 상상만으로도, 벌써 행복했다. 하지만 나의 작은 원룸에는 그렇게 큰 화분을 놓을 자리는 당연히 없었고, 일단 소파도 없었다. 그래서, 이사를 했다.

네 번째 집 ○ 거실과 방이 구분돼 있는 성수동 아파트

그때만 해도 성수동이 이렇게 핫하진 않았다. 그때 나는 소파와 큰 나무를 놓을 수 있는 거실이 있는 집, 그러니까 원룸이 아닌 방이 따로 있는 집을 구하고 있었다. 그리고 해가 많이 들어오는, 그러니까 어느 정도 전망이 있는 집을 원했다. 인터넷에 서울 지도를 띄워놓고 여의도에서부터 강북으로 올라가 오른쪽으로 이동해가면서 집을 봤다. 그러다 성수동까지 온 거였다. 지하철역에서도 멀고 오래된 아파트였지

만, 다닥다닥 붙어 있는 빌라촌 가운데 위치한 작은 아파트 단지였기에 앞이 트여 있었다. 이사를 하자마자 양재동에 가서, 폴리셔스를 포함한 큰 나무를 (잔뜩 욕심을 부려) 세 그루나 샀다. 하지만 그때까지만 해도 나는, 일주일에 한 번, 열흘에 한 번, 혹은 보름에 한 번, 처음 화원에서 말해준 대로 날짜에 맞춰 물만 주는 게 다였다. 그래도 빛과 함께 환기도 무척 중요하다는 건 이제 알게 돼서, 환기는 참 잘 시켰던 것 같은데, 폴리셔스는 죽었다. 이땐 아직 습도의 중요성은 몰랐으니까.

성수동 집을 떠올리면, 마음이 좀 복잡해진다. 다수의 삶에 동참하고 싶어 아등바등 힘들었던 시기를 지나, '아, 나는 사실 이런 사람이었구나.' 나를 조금씩 이해하고 인정해가던 시기, 어쩌면 내 삶에서 가장 밝고 평온했던 시기에 나는 그 집에 들어갔던 것 같다. 거실을 서재처럼 꾸며 작업을 하다가도 고개를 들면, 탁 트인 전망과 함께 창가 앞에 놓인 나무들을 볼 수 있도록 책상을 놨다. 어느 날, 열어둔 창문으로 바람이 들어와 나뭇잎이 살랑거리는 것을 보고 있는데, 나도 모르게 '아, 이 순간만은 정말 행복하구나.' 생각하기도 했다. 하지만 역시 삶은 그렇게 만만치 않았다. 나도 모르는 사이에 내 주변의 명도가 조금씩 조금씩 낮아져, 내 삶에서 가장 어둡고 힘들었던 시기에 나는 그 집에서 나왔다. 그 집에서의 마지막 1년은, 몸의 통증도 가장 극심했고, 마음도 가장 건강하지 못했을 때라, 시들어가는 나무들에게도 마음을 다하지 못했다. 나는 세 그루의 큰 나무들 중에서, 역시나 웬만해선 죽지 않는 떡갈고무나무만을 데리고 그 집을 나왔다. 그래도 그 집은 나에게, 여의도 시절부터 시작했던 세 번째 책과, 그 시기 유일하게 나를 지탱해주었던 내가 사랑하는 책과 영화들에 대한 이야기를 담은 네 번째 책의 기억으로 남을 것이다.

다섯 번째 집 ○ 그리고 지금, 여기

나는 지금, 굉장히 많은 식물들과 함께 살고 있다. 분명 이 집으로 이사를 올 때는, 집을 좁혀서 오는 것이 처음이라 굉장히 많은 살림살이들을 처분했고, 이제 웬만하면 살림은 늘리지 않겠다 결심 또 결심했던 것 같은데, 언제 이렇게 식물들이 많아졌는지 모르겠다.

오늘 다이소에 갔다가 나도 모르게 토마토 씨앗을 집어 늘었다. '이젠 나도 토마토를 키울 수 있지 않을까?' 문득 그런 생각이 들었다. 토마토는 물도 중요하고, 해도 중요하고, 벌레도 잘 생기는, 은근 까다로운 아이라는 걸 이제는 나도 안다. 여러 번의 이사, 여러 번의 실패(그동안 내가 죽인 식물들의 숫자는 헤아리고 싶지 않다)로 인해, 그래도 좀 내공이 쌓였다. 아침과 오후 달라지는 해의 방향에 따라 아이들을 옮겨주기도 하고, 그래도 빛이 부족한 곳에는 식물등을 설치하고, 서큘레이터로 바람도 만들어주고, 철마다 유기비료도 주고 분갈이도 하며, 열심히 잎도 닦아주고 분무도 하며, 나는 지금 굉장히 많은 식물들과 함께 살고 있다.

그리고 지금 나는,
다섯 번째 집에서 나의 다섯 번째 책의 마지막 글을
쓰고 있다.

나는 보고, 느끼고, 고민하고, 생각하고, 또 생각하고 마침내 기록하는 것이 직업인 된 사람이라, 나의 지난 시간들이 내 책장에 책이라는 형태로 고스란히 남아 있다. 그것이 가끔은 신기하기도 하고, 또 가끔은 창피하기도 하다. 그 안에는 물론 오래오래 기억하고 싶은 즐겁고 소중한 어제의 기록들도 있지만, 떠올리는 것만으로도 힘들고 창피한 나의 수많은 실패와 끝없는 시행착오들 또한 고스란히 남아 있기 때문이다. 여러 번의 이사와 여러 번의 실패를 통해 식물에 대한 내공은 분명 좀 레벨업된 것 같긴 한데, 삶에 대한 내공 또한 쌓여가고 있는지는 잘 모르겠다. 다만 그 시간들을 통해, 내가 알게 된 것은 한 가지 있다.

그 어느 때보다 이 책을 끝내는 것이 힘들었다. 한 아이를 키우는 데는 온 마을이 필요하다는 얘기가 있는데, 그게 과연 아이에게만 해당되는 얘기인가를 곰곰이 생각해본다. 지난 몇 년 나는 그 어느 때보다 힘든 시간들을 겪었는데, 그래서 모든 걸 다 그만두고 싶을 때도, 이곳이 아닌 그 어디라도 상관없으니 도망가고 싶을 때도 많았다. 하지만 아직 내가 이곳에 발을 딛고 나의 하루하루를 게으르지만 또 부지런하게 살아내고 있는 데는, 수많은 것들에 빚을 지고 있다. 나와 함께 살고 있는 수많은 식물들, 내 뒤에 꽂혀 있는 수많은 책들, 하루를 마치고 잘 정돈된 침대에 이불을 걷고 쏙 들어가 발가락을 꼼지락거리며 누렸던 수많은 영화와 드라마들. 그리고 나의 사람들이 있었다. 어쩌다 보니 나는, 다른 사람들에 비해 정말 운이 좋았던 시기도 겪었고, 그냥 길을 지나는데도 모르는 사람이 대뜸 나에게 다가와 욕을 할 정도로 말도 안 되는 일들이 매일매일 일어나는 불운한 시기도 겪었는데, 그러다 보니 좋은 시절과 그렇지 못한 시절 사람들이 나를 대하는 태도가 어떻게 달라지는지도 알 수밖에 없게 되었다. 그 과정 속에서 끝까지 나를 믿어준 사람들, 도움을 받는 데 익숙하지 못한 나에게 억지로 도움을 떠안겨 주며 나를 일으켜준 사람들, 때론 나를 혼내고 때론 나를 달래가며 내 곁을 지켜준 사람들이 있었다.

한 아이를 키우는 데는 온 마을이 필요하다는데,
아이가 아닌 그냥 한 사람을 키우는 데도
온 마을이 필요한 걸지도 모르겠다.

오늘 토마토 씨앗을 심고 물을 주면서 문득, 그런 생각이 들었다. 그걸 깨닫는 데, 이렇게 오래 걸렸구나. 그걸 몰라서, 참 많이도 헤매고 힘들어했구나.

운이 좋아서 나는, 나의 마을을 발견했다. 식물들이 가득하고, 내가 좋아하는 책과 영화가 있는, 그리고 내가 가장 힘든 순간에도 내 곁을 떠나지 않은 사람들이 있는 마을을 발견했다. 그런데 한편으론 이런 생각도 든다. 이 마을은 어쩌면 내가 발견하기 훨씬 전부터 나를 기다리고 있었을지도 모르겠다는 생각. 내가 나를 잘 몰라서, 마음만 너무 바빠서, 그저 힘들어하기만 하는 데 지쳐서, 이 마을을 돌아볼 생각조차 못 했던 건 아닐까 하는 생각. 어쩌면 그것이 나의 수많은 시행착오 중에 가장 큰 착오였는지도 모르겠다.

도저히 잠이 오지 않아 한밤중에 이불을 걷고 베란다로 나가, 며칠 전 심어둔 씨앗에서 새순이 올라오는지를 휴대폰 플래시를 켜고 확인하면서, 나는 이미 위로받고 있었다는 것을 몰랐다. 마음이 어지러울 땐 희한하게도 매번 책 속에서 길을 만났다. 몇 년 전 이미 봤던 책인데도, 그땐 이 책에 이런 글귀가 있다는 것도 인지하지 못한 채 지나갔던 것 같은데, 다시 펼쳐보면 지금 이 순간 나에게 가장 필요한 말이 언제나 그 안에 있었다. 문득 외롭다 느껴질 때, 내가 좋아하는 수많은 영화와 드라마 속 등장인물들이 내 친구가 되어주곤 했다는 걸, 왜 그 순간엔 몰랐을까. 그냥 내가 먼저 도와달라고 말했으면 됐을 텐데. "이 답답아." 보다 못해 내게 먼저 다가와 도움을 떠안겨 준 나의 사람들에게도, 나는 너무 무심했다. 나는 이미, 이 마을 속에서 살고 있었는데 말이다.

여러 번의 이사, 여러 번의 실패, 그리고 수많은 시행착오. 그 긴 시간을 지나, 이제야 나는 나의 마을을 '발견'했다. 그리고 이 마을 덕분에, 혹은 이 마을 때문에, 나는 지금 나의 다섯 번째 책의 마지막 글을 쓰고 있다.

처음부터 이 책은, 누군가를 위로하기 위해서 쓰기 시작한 건 아니었다. 그저 내가 나를 위로하고 싶었고, 내가 발견한 위로의 순간들을 내 스스로 잊지 않도록 기록하고 싶었을 뿐이었다. 하지만 이 책이, 당신의 위로를 발견하는 데에도 도움이 될 수 있다면 좋겠다. 한 사람을 키우는 데는, 한 사람을 살아가게 하는 데는, 온 마을이 필요할지도 모른다. 그런데 그 마을은 절대로 어느 날 갑자기 하늘에서 뚝 떨어지진 않는다. 당신이, 발견해야 한다.

당신이, 당신의 마을을 발견하는 데, 이 책이 도움이 될 수 있다면 좋겠다. 그리고 조금 더 욕심을 부려, 당신의 마을 어느 한 귀퉁이에도, 이 책이 꽂혀 있을 수 있다면 참 좋겠다.

희한한 위로

1판 1쇄 발행   2020년 7월 20일
1판 4쇄 발행   2020년 9월 25일

지은이   강세형
발행처   수오서재
발행인   황은희, 장건태
책임편집   황은희
편집   최민화, 마선영, 박세연
마케팅   장건태, 이종문, 황혜란
디자인   권미리
제작   제이오
주소   경기도 파주시 돌곶이길 170-2 (10883)
등록   2018년 10월 4일(제406-2018-000114호)
전화   031)955-9790
팩스   031)946-9796
전자우편   info@suobooks.com
홈페이지   www.suobooks.com
ISBN   979-11-90382-22-9 03810   책값은 뒤표지에 있습니다.

이 도서의 국립중앙도서관 출판시도서목록(CIP)은 서지정보유통지원시스템
홈페이지(http://seoji.nl.go.kr)와 국가자료공동목록시스템(http://www.nl.go.kr/kolisnet)에서
이용하실 수 있습니다.(CIP제어번호: CIP2020027027)

도서출판 수오서재守吾書齋는 내 마음의 중심을 지키는 책을 펴냅니다.